꼭 사람들이 많은
하나하나
틈 읽으면

Jean Henry

알렉산드로스 대왕은
평생 진흥하리
토하움 것이다.

고르디우스의 매듭을 자르면

고르디우스의 매듭을 자르면

전혜진

위즈덤하우스

"아이고, 거리두기다 뭐다 해서 회식도 못하고. 갑갑해 죽을 뻔했지. 그래, 다들 이렇게 나오니까 좋지?"

아니요, 라고 말하고 싶은 것을 꾹 참은 채로 은정은 고개만 숙였다. 집에 가고 싶어 죽을 것 같았다. 다른 사람들도 다들 말을 안 할 뿐, 고개를 숙이고 꼼지락거리거나 말없이 안주만 입에 밀어 넣고 있었다.

물론 사람의 취향은 다양하고 술을 마시는 걸 좋아하는 사람은 의외로 많다.

내향형이니 외향형이니 해도 사람들과 어울리는 걸 좋아하는 사람이 인구의 절반쯤은 될 거다. 하지만 그게 퇴근 시간 지난 뒤에 직장 상사에게 붙잡혀 술 마시는 것까지 좋아한다는 뜻은 아니라는 것을, 높은 사람들은 이상할 정도로 모른다. 아니, 본인들도 한때는 청춘이었고 한때는 상사를 뒷담화하던 젊은 직원이었을 테니 정말 모르진 않을 거다. 그냥 자기 마음 편하자고 모르는 척만 하는 거지.

그래도 뭐, 긴 사회적 거리두기 기간이 끝나기도 했고, 새로 부임한 상사가 직원들과 식사 한번 하겠다는 게 그렇게까지 문제가 될 일은 아니겠지만.

새 상무는 낙하산이었다. 사장의 후배인지 뭔지는 모르겠지만 일만 잘하면 상관없다는 사람들도 있었는데, 일은 둘째 치고 오지랖이

넓어도 너무 넓었다. 그는 50명 남짓한 회사 직원들 한 사람 한 사람에게 필요 이상으로 친한 척을 하더니, 급기야는 자기가 회사 사람들에게 인사라도 하고 싶으니 돌아가며 부서별 회식을 하자고 제안했다. 그 첫 차례가 사업개발팀이었다. 6시 땡 치기도 전에 사업개발팀을 싹 끌고 나온 상무는 팀원들 한 사람 한 사람에게 술을 권하며, 나이가 몇인지, 애들은 몇 명인지, 어디 사는지, 그야말로 호구조사를 하고 있었다.

개인정보 보호법이 강화되는 요즘 세상에, 직장에서 저런 거 마구 물어보면 안 된다는 상식도 모르는 것인지 아니면 원래 남의 일에 관심이 많아도 너무 많은 분인지는 모르겠지만, 좋게 말해 해맑고 나쁘게 말해도 머릿속이 너무나 해맑은 분이었다. 아니나 다를까, 아이가 없는 사람에게는 얼른 낳아서 나라에 충성하라고, 아이가 하나면 하나 더 낳으라더니, 이제 결혼 안 한 사람보고는 하루빨리 결혼을 해야 하지 않겠느냐며 헛소리를 하기 시작했다. 그리고 결혼을 해라, 아이를 낳아라 말아라 하는 그 헛소리는 마흔이 다 되도록 혼자인 은정에게 집중포화처럼 쏟아졌다.

"아니, 그러면 신 차장은 사귀는 남자도 없어?"

"……예."

"부모님은? 부모님이 뭐라고 안 하셔?"

"저 보기보다 나이가 좀 있어서요. 부모님이 뭐라고 하실 일은 없……."

"이 사람아, 나이가 있으니까 더 결혼을 해야지. 말씀을 안 하셔도 부모님이 얼마나 걱정을 하시겠어, 어? 결혼을 해야 부모님도 안심을 하실 것 아니야."

무슨 요즘 세상에 부모님을 안심시키자고 결혼을 해라 말아라인지. 은정은 찌푸린 얼굴을 들키지 않으려 바로 고개를 숙였다. 그럴 만한 사정도 아니라고 말하고 싶었지만, 그랬다간 상무는 여기 모인 사람들이 다 보는 앞에서 무슨 일인지 꼬치꼬치 캐물으며 영양가 없는 소리들을 떠들어댈 게 뻔했다. 부모님은 두 분 다 진작에 돌아가셨다고 말하는 것도 마찬가지다. 어릴 때에는 물론이고 나이가 들어서도, 결혼 안 한 여자가 부모님이든 형제든, 같이 살진 않더라도 가까이 연락하는 피붙이가 없어 보이면 별 이상한 벌레 같은 것들이 만만히 여기고 들러붙기 마련이다. 자기가 추근덕거리지는 않더라도, 어디서 결혼 못 하고 늙어가는 사돈의 팔촌이라도 있으면 중매를 서주겠다며 떠넘기려 드는 이들이 부지기수다. 그러니

사적인 이야기는 최대한 말을 아끼는 편이 좋았다. 특히 이런 사람 앞에서는.

"신 차장, 소개팅은 안 하나? 좀 하지 그래. 결혼은 해야 할 것 아니야."

"아휴, 괜찮습니다. 요즘은 결혼 안 하는 게 딱히 이상하지도 않아요. 혼자 사는 사람들도 많고요."

"야, 내 친구 중에도 결혼 안 한다, 지가 무슨 독신 귀족이다 그러던 놈들 다 있었어. 그런 애들 나중에 어떻게 되었는지 알아? 쉰이 다 되어서, 푹 삭아서는 뒤늦게 후회하다……. 늙어서 그 고생 하지 말고, 아직 수요가 있을 때 사람이라도 만나보라고."

"……제가, 눈이 좀 높은데요."

"아이고, 나이가 사십이면 눈을 낮춰야지. 꼭 사람 많이 안 만나본 친구들이 그러더라. 만나다 보면 말이야, 불 끄면 다 똑같다는 것도 알게 되고 그래요. 사람 구제하는 셈 치고 진짜 소개팅이라도 시켜야겠네. 어디 지자첸가는 직원들끼리 단체 미팅도 하고 그랬다는데."

"아니, 정말 괜찮……."

"그러지 말고 내 친구 조카 한번 안 만나볼래? 한 번 다녀오긴 했는데, 애가 사람은 착한데 말이야. 응?"

그러면 그렇지, "사람은 착하다"면서 무슨 사유로 이혼했는지도 모를 남자를 대뜸 떠넘기려 드는 게 아주 전형적이다. 그것도 자기 조카도 아니고, 책임도 못 질 친구 조카까지. 은정은 단호하게 고개를 저었다.

"……싫습니다."

대충 1차가 끝나자마자 패거리는 둘로 나뉘었다. 여자들은 물론 총무, 재무 파트

남자들은 은정을 따라 자리에서 일어났고,
영업 파트 남자들은 상무를 따라 2차를
간다고 했다.

"팀장님은요?"

"영업 파트에서 끌고 갔어."

"유 차장님이요? 정말 너무하네. 팀장님
맨날 지쳐서 노랗게 뜨신 것 뻔히 보면서."

"그러게 말이야."

은정은 영업 파트 유 차장이 새 상무와
언제부터 알고 지냈다고 형님, 형님 하는 꼴을
보고는 고개를 돌렸다. 비위들도 좋지.

"쟤들 또 남자끼리라고 상무님 모시고
이상한 데 가는 거 아니야?"

"모르지……. 의외로 호프집 가서 이야기만
할지도 모르고. 상무님 영업 출신이시라니까
뭐, 노하우라도 배우려는 게 아닐까?"

"얼굴도장도 찍고, 아첨도 하고, 하고 싶은

게 많나 보네요."

"아니, 무슨 고조선이야? 아까 하는 말 들었죠?"

일어난 사람들은 다들 주차장으로 혹은 지하철역으로 걸어가면서, 반쯤은 속마음을 숨기면서도 한마디씩 빈정거렸다.

"한 마디 한 마디가 주옥같던데요. 요즘 세상에, 저거 어디다 신고 못 하나?"

"녹음을 했어야 신고를 하지. 자자, 내가 팀장님께도 말씀드릴 건데, 당분간 우리 회식 없는 걸로 하죠. 다들 사회적 거리두기 기간에 쾌적했죠? 저 상무님 있는 동안 우리는 공식적이든 비공식적이든 저녁 회식 같은 거 없는 걸로 합시다. 돈이라도 자기가 내면 모를까."

"헐, 대박. 상무님이 산 것도 아니었어요?"

"우리 회사에 그딴 게 어디 있어. 오늘

이거 전부 우리 팀비로 먹은 건데."

"외, 노양심. 두 시간 넘게 헛소리를 할 거면 돈이라도 자기가 내야 할 거 아니에요."

"그러게나 말입니다, 다."

누군가는 대리기사에게 전화를 하고, 누군가는 택시를 잡았다. 젊은 직원들 네다섯 명이 지하철역 입구로 들어갔다. 겨우 혼자가 된 은정은 시계를 보았다. 이제 겨우 9시 반이었다. 그는 골목에 있는 편의점에 들러 초코 우유를 한 팩 사서 입을 헹구듯이 마시고, 길을 건너 광역버스를 기다렸다.

서울 밖, 수도권 변두리, 광역버스 종점에 작으나마 집을 살 마음을 먹은 것은 월급쟁이 생활 15년째였던 3년 전의 일이었다. 그전까지는 계속, 전세를 얻을 돈이 있어도 월세만 고집했다. 뿌리를 박는 것이 무서웠다. 어느 날 갑자기 집 대문 앞에, 그 골목길에,

독을 품은 뱀처럼 도사리고 있을 것 같아서.
언제나 그랬듯이 갑자기 나타나 혈육이라는
이름으로 모든 것을 빼앗아 갈 것 같아서.

'......죽었으니 다행이지.'

여자 혼자 살기에는 세상에 신경 써야 할
일들이 너무나 많았다. 택배를 시키는 것도,
주말에 배달 음식 한 그릇 시켜 먹는 것도
때로는 마음을 졸여야 했다. 회식을 하고
술 냄새를 풍기며 밤거리를 걸어가는 것도
마찬가지였다. 하지만 그 모든 위험도 이제는
죽어 없어진 아버지보다 더 위험하진 않았다.
아주 고아가 되고 나서야 은정은 비로소
사람답게 살아볼 수 있게 된 것 같았다.

은정은 아파트 입구에 자리한 편의점에서
내일 마실 우유 한 팩과 하겐다즈 컵
아이스크림 하나를 샀다. 가로등은
드문드문했지만 층층마다 사람 사는 불빛들이

가득해서, 단지 안은 어둡지 않았다. 그래도 어떻게, 힘든 하루가 또 끝나는구나 하고 생각하는데 어디선가 싸우는 듯한 목소리가 들려왔다.

기운들도 좋지. 남은 침대에 누워 푹 가라앉을 생각뿐이건만, 싸울 힘이 다 남아돌고. 생각하면서 엘리베이터를 탔다. 그게 내 이웃집은 아니기를 바라면서. 하지만 엘리베이터의 문이 열리자마자, 무시무시한 고함 소리에 은정은 하마터면 주저앉을 뻔했다.

"문 열어! 문 열어, 이 미친년들아. 문 열어!"

복도형 아파트의 이쪽 끝에서 저쪽 끝까지, 쇠를 긁는 듯한 목소리가 울려 퍼졌다. 그가 쾅쾅 문짝을 걷어찰 때마다, 은정은 주먹으로 명치를 맞는 기분이 들어 어깨를 움츠렸다. 도망치고 싶었다.
뛰어내리고 싶었다. 죽고 싶었다. 하지만
안다. 저건 아버지가 아니다. 그 사람은 이미,
3년 전에 죽었다. 자신을 찾아와서 저런
소리를 할 사람은 이제 이 세상에 없다. 그걸
알면서도 은정은 단 한 걸음도 앞으로 걸어
나갈 수가 없었다. 비상구 철문 뒤에 몸을
숨긴 채, 소리가 들리는 방향을 흘끔거렸다.
하필 은정의 옆집인 503호, 30대 중반쯤 되는
여자 둘이 사는 집이었다. 그 집 대문 앞에서,
웬 아주머니가 손잡이에 매달려 흔들고
문짝을 걷어차며 악을 쓰고 있었다. 남의
집들도 불이 켜져 있었지만 아무도 나와 보지
않았다. 함부로 나왔다가 저런 미친 사람이
남의 일에 간섭하지 말라며 덤벼들기라도
하면 그게 더 큰일이었다. 무슨 원한이 있어서
저 집 문짝을 아주 우그러들도록 걷어차고

있는지는 모르겠지만, 공연히 문을 열고 밖을 내다보았다가 저 미친 사람이 이쪽을 목표물 삼으면 골치 아파진다. 은정은 다시, 조용히 엘리베이터를 타고 1층으로 내려갔다. 하지만 역시 신경이 쓰여서 내려가는 동안 바로 112에 신고 문자를 보냈다. 그 아주머니의 고함 소리가 점점 커져서인지 1층 현관 쪽에서 경비 할아버지가 왔다 갔다 하고 계셨다.

"5층이시죠? 그 사람, 봤어요?"

"예, 저희 옆집을 그러고 있던데."

"낮에도 한두 번 왔었어요, 그 사람. 무슨 빚쟁이인가 했더니 그건 아니라고 하고."

"할아버지가 가도 뭐라고 그래요?"

"요즘 경비가 말린다고 누가 말을 듣나, 원······."

잠시 후, 경찰차가 아파트 단지로

들어왔다. 경찰은 무신경하게 은정에게
전화를 걸었다. 1층 화단 앞에서 대충 보았던
일을 설명하자, 경찰은 바로 5층으로 향했다.
그 미덥지 못한 뒷모습을 바라보며 은정은
집에 들어가지 않아서 정말 다행이라고,
그랬다간 통화하는 소리를 듣고 이번에는 저
미친 사람이 자신을 공격하려 들었을지도
모른다고 문득 생각했다.

　　다행히 경찰은 은정의 아버지가
집안일이라고 호통을 치자 바로 물러났던
것과는 달리, 소란을 피우던 아주머니를
데리고 나갔다. 그런 뒤에야 사람들은
하나둘씩 복도로 나와 보았다. 은정은
엘리베이터에서부터 502호까지 기웃거리는
이웃들을 지나쳐 집으로 향했다.

　　"대체 이 밤중에 이게 무슨 소란이야."

　　"503호네 엄마라던데."

"엄마가 왜 저래."

"딸이 그러니까, 그 동성애자라잖아. 내 딸
내놓으라고 그런 거라던데."

"진짜로?"

"아니, 아까 그 아줌마가 하는 말이."

"그럼 그 집 사는 두 사람, 자매
아니었어?"

"아니었나 봐. 그러니까 그 아줌마가
찾아와서 그 난리를 치지."

"어머나, 어머나."

그 몇 걸음을 걸어가는 것이 그렇게 힘들
수가 없었다. 수군거리는 말들은 하나하나가
바늘이 되어 날아드는 듯 따가웠다.
자신에게 하는 말은 아니었지만 익숙한
이야기들이었다. 예전에 은정의 집 앞에
아버지가 나타나 행패를 부릴 때마다 이웃
사람들도 그 비슷한 말을 했다. 딸이 집을

나갔다더라, 오죽하면 아버지가 찾아와서 저러겠느냐. 일부는 맞고 반 넘게는 억측인, 그런 말들이었다. 그 집 사람을 걱정해서 하는 말이 아니라 그냥 호기심 반, 왜 이 밤중에 소란을 피워서 나를 잠도 못 자게 만드느냐는 앙심이 절반인 말들. 그래놓고는 내일 날이 밝으면 또 각자의 직장이나 아는 사람들 앞에서 남의 불행이나 복잡한 집안 사정을 무슨 콘텐츠처럼 나불나불 떠들어대는 이도 있을 것이다. 정말로 그 집 사람들이 걱정되어 죽겠다는 듯, 도넛 위에 뿌린 슈거 파우더처럼 착해 보이는 말투를 뒤집어쓴 채로. 그런 것들이 정말로 싫었다.

503호 여자들이라면 몇 번 본 적이 있다. 키가 작고 야무진 인상인데 무슨 미술 작업이라도 하는지, 페인트나 물감

같은 게 묻은 옷을 아무렇지도 않게 입고
다니는 사람과, 키가 크고 얌전한 성격인데
스타일이 좋아서 뭘 입어도 잘 어울리는
사람이었다. 옆집이고 단지가 작고 오래된
곳이다 보니, 분리수거를 하거나 여름밤에
편의점에라도 다녀오는 길이면 으레 마주치곤
했다. 두 사람은 종종 함께 다녔는데,
사이가 좋으면서도 밥 먹듯이 티격태격하는
자매들처럼 보이기도 했다.

　자매는 아니지만, 가족이긴 했던
모양이구나.

　은정은 가방에서 편의점에서 사 온
먹거리들을 꺼내다가 다시 한숨을 쉬었다.
아이스크림은 반쯤 녹아 있었다. 옆집
사람들이 걱정되었지만, 걱정이 되는 것과
별개로 남의 일이다. 시끄러운 사람은
돌아갔으니, 이제 그 일에 대해서는 신경을

끄면 그만이다. 하지만 아까 먹은 술이 얹힌 데다 이런 일까지 있어서인지, 명치 쪽에서 뜨거운 게 욱신거리기 시작했다. 왜 남의 일에 멋대로들 떠드는 거지. 왜 자세한 상황은 알아보지도 않고 말을 지어내지. 어떤 사람들은 전후 사정은 알 바 아니지만, 부모가 찾아와서 저 난리를 칠 정도면 뭔가 자식이 잘못했을 거라고 편리하게 생각하곤 한다. 하지만 아무리 부모라고 해도 밤 11시에 쳐들어가서 저 난리를 쳐도 되는 것은 아니다. 오히려 저런 부모니까 자식은 필사적으로 도망친 것일지도 모르는데. 아무리 애를 써도 받아들여지지 못한다는 게 무엇인지 모르는 사람들은 남에게 조언을 하지 말라고 어디 법에 딱 박혀 있었으면 좋겠다. 은정은 식탁 옆에 둔 약상자에서 제산제를 꺼내 입에 털어 넣으며 생각했다.

❖

"어제 많이 시끄러우셨죠."

다음 날 퇴근해서 돌아오는데, 누군가
말을 걸었다. 옆집 사람이었다. 정확히는 미술
쪽 일 하는 것 같은 사람. 은정은 눈인사를
했다. 옆집 사람이 머쓱한 얼굴로 고개를
숙였다.

"죄송해요."

"두 분이 소란 피우신 것도 아닌데요, 뭐."

"……그래도요. 그 한밤중에, 참."

시끄러운 것도 문제겠지만, 아마도 이
사람이 신경 쓰는 것은 다른 일일 거다.
은정은 무심하게 고개를 돌리며 대꾸했다.

"어제 일이야 뭔지 모르겠지만 두 분이
평화롭게 잘 지내시면 좋겠어요."

"감사합니다."

옆집 사람이 장바구니를 뒤적이다가, 잠시 찌푸리더니 토마토 한 팩을 은정에게 내밀었다.

"이거 좀 드세요. 싱싱하더라고요."

"아, 괜찮⋯⋯."

"일하는 데 앞에 농협 직매장이 있는데, 토마토가 좋더라고요. 저기 외곽 있는 데서 키운 거래요. 드셔보세요."

그의 말대로 토마토는 퍽 싱싱했고, 받지 않고 거절하는 것도 상대가 어떻게 생각할지 모를 일이다. 난처하기도 했고 이웃과 필요 이상으로 관계를 맺는 것도 껄끄러웠지만, 그래도 은정은 토마토를 건네받았다.

"⋯⋯고마워요."

"이 동네 산 지 벌써 5년째인데도 이웃에 제대로 인사도 못 드렸네요."

"저도 그래요. 이사 오고 이제 햇수로 3년

되었나……."

"요새는 다들 그런 것 같아요. 집에
아기라도 있으면 어린이집, 유치원에서 오며
가며 얼굴 보니까 또 몰라도."

옆집 사람은 웃었다. 전에도 오가며
눈인사는 했고, 분리수거하다가 택배
송장을 미처 안 뜯은 게 있어서 알려준
적은 있었지만, 이렇게 이야기를 길게 한
것은 처음이었다. 그는 말수가 많은 편은
아니었으나 그래도 굳이 자기 이름은
유지수고, 올해로 서른아홉 살이라는 말을
했다. 은정은 그렇군요, 하고 고개를 끄덕였다.
그건 이쪽의 이름도 알려달라는 뜻으로
하는 말이 아니다. 누군가 또 쳐들어왔을
때, 누군가에게 습격을 받았을 때, 누구라도
자신이 누구인지 알아주어야 할 것 같아서,
살려달라고 말하는 사인 같은 것이다.

엘리베이터의 문이 열렸을 때, 은정은 목소리를 낮추어 말했다.

"사실 큰 도움은 못 되겠지만, 제가 집에 있을 때 또 그러면 신고라도 할까요."

"그래주시면 감사하죠."

지수는 웃었다. 어제 같은 일이 있었는데도 의외로 태연한 얼굴이었다. 그런 일이 한두 번이 아니었던 걸까. 마음이 욱신거렸다. 서른아홉이면 은정보다 두 살 아래였다. 그런 얼굴로 이런 일들을 별일 아니라는 듯이 웃으며 이야기할 수 있을 때까지, 그와 그의 동거인에게는 또 얼마나 많은 일들이 있었던 걸까.

지수는 503호 앞에 멈추어 섰다. 은정은 지수네 집 대문을 흘끔 바라보았다. 단단한 철제 대문에는 어젯밤 폭력의 흔적이 고스란히 남아 있었다. 그 아주머니가 얼마나 세게 걷어찼는지, 문짝 아래쪽은 아주 엉망이 되어 있었다. 은정의 가슴 높이 정도, 주먹을 휘두를 만한 높이에도 푹 파인 자국이 두어 개 있었다.

"문짝 펴야겠는데요."

"그렇지 않아도 아까 아침에 인테리어집에 물어봤어요. 이정도면 문짝을 아주 갈아야 할 수도 있다고……."

지수가 대답을 하다 말고 머뭇거렸다. 한 집 더 가서, 502호 앞에서 도어록 전자키를 꺼내던 은정이 무슨 일인가 싶어 지수를 돌아보았다.

"왜 그래요."

지수는 새파랗게 질려 있었다. 조금 전까지 그런 일 따위 아무렇지도 않다는 듯이 웃음 짓던 지수가 어깨를 움츠리고 있었다. 은정은 키를 다시 가방에 넣고 지수에게

다가갔다.

"……괜찮은 거예요? 트라우마 올라와서 그래요?"

"안에서…… 무슨 소리가 났어요."

그 순간, 안에서 신음하는 듯한 소리가 들렸다.

그 여자다. 어제 이 집 문짝을 때려 부술 기세로 걷어차던 그 아주머니. 온 복도에 쩌렁쩌렁 울려 퍼지도록 욕설과 저주의 말을 쏟아내던 그 목소리였다. 소름이 돋았다.

"어, 어떡하죠. 그 사람이 여긴 왜……."

지수가 뒷걸음질을 쳤다. 넓지도 않은 아파트 복도에서, 지수의 등은 두어 걸음 만에 난간에 닿았다. 은정은 얼른 손을 뻗어 지수의 등을 감쌌다. 안에서 무슨 일이 벌어지건 간에, 이건 지수 혼자 해결할 수 있는 일이 아니었다.

"이리 나와요, 빨리요."

은정은 지수를 끌고 엘리베이터로 갔다. 급히 1층으로 내려가 건물 밖으로 완전히 빠져나가고서야 은정은 112에 전화를 걸었다. 어제와 마찬가지로 10분쯤 지나서 경찰이 나타났다. 경찰은 어제처럼 은정에게 확인 전화를 걸었고, 은정은 전화를 받는 대신 경찰을 향해 손을 흔들었다. 어제 왔던 사람인지, 젊은 경찰이 은정 옆에 서 있던 지수의 얼굴을 바로 알아보고 말을 걸었다.

"어떻게 된 겁니까? 어제 그분 또 오신 거예요?"

"모르겠어요……."

고개를 드는 지수의 얼굴이 창백했다.

"그런데 집 안에서 이상한 소리가 났어요. 여기, 저희 옆집 분도 똑똑히 들으셨어요. 그래서……."

"알겠습니다, 같이 올라가보죠."

이번에는 젊은 경찰 한 사람만 동행했다. 어제 그런 일이 있었는데도 이 일을 별것 아닌 집안일이라고 생각하는 것 같아서 은정은 공연히 자기가 마음이 상했다.

"뭐, 별일은 아닐 겁니다. 착각이실 수도 있고, 정말로 어제 그분이 문 따고 들어왔다고 해도 기껏해야 주거침입인데, 안쪽에 채우는 것 있으셨죠? 그거 꼭 쓰시고요."

"예, 예⋯⋯."

"이번 기회에 도어록도 바꾸세요. 문 앞에 CCTV도 하나 다시고요. 요청하시면 이쪽 단지 주변 순찰도 강화할 수 있고요."

"열쇠 따고 들어온 걸까요⋯⋯. 그거 따준 열쇠집도 신고할 수 있나요?"

"열쇠집이야, 내가 그 집 사는 사람 엄마다 하면 또 안 열어줄 수도 없고⋯⋯. 그게 참,

아예 도둑이나 강도거나 작정을 하고 들어간 거면 모르겠는데, 그, 어머니잖아요? 같이 사시는 분의."

경찰은 엘리베이터를 기다리는 동안, 도움이 되는 듯 안 되는 듯, 별 영양가는 없는 이야기만 하고 있었다. 지수는 겁을 먹은 채, 그래도 집주인이라고 경찰보다 한 걸음 먼저 엘리베이터에 오르고 한 걸음 먼저 내렸다. 용기란 용기는 있는 대로 끌어모은 것이 느껴졌다.

"그······ 같이 사시는 분은요."

"회사에요."

"그분 어머니시잖아요. 같이 사시는 분 보고 어머니랑 이야기 좀 잘 해보라고 하세요. 어머니가 나쁜 마음이 있어서가 아니라, 따님이 걱정되어서 그러는 거라시던데. 아, 그게."

경찰은 찌그러진 문짝을 보고서야 자기가 실언을 했구나 싶었는지 얼른 말을 바꾸었다.

"……문짝도 그렇고, 정신적 피해에 대한 보상도 받으셔야죠. 선생님이야 피해자시니까. 그렇잖아요?"

지수는 대답하지 않았다. 그는 어두운 표정으로 자기 집 문짝을 노려볼 뿐이었다. 이상할 정도로 고요했다. 조금 전 지수와 함께 올라왔을 때 들렸던, 그 기이한 소리라도 들려왔으면 좋겠다고 생각할 정도로.

"……."

지수는 차마, 문에 손을 대지 못했다. 어렵게 손을 내밀었지만 그만큼 뒷걸음질을 치고 있었다. 보다 못한 은정이 경찰을 쳐다보자, 경찰은 별일 아니라는 듯 벨을 눌러보았다. 집 안에서는 여전히 아무 소리도 들리지 않았다.

"별일 없는 것 같은데요."

"그래도, 안에 누가 숨어 있을지도
몰라요."

은정이 일부러 강경하게 말했다. 경찰도
고개를 끄덕였다.

"선생님, 선생님이 집주인이시니까 문을
열어주시면, 제가 들어가서 한번 확인하고
나올게요. 그러면 되겠죠?"

지수가 고개를 끄덕였다. 그는 덜덜
떨리는 손으로 조심스럽게 키패드를 눌렀다.
삑삑삑, 하고 키패드를 누르는 소리가 들렸다.
은정은 아무래도 옆집과 친해지면, 키패드
소리 안 나게 하는 법부터 이야기해줘야 할
것 같다고 생각했다. 그 순간 달칵, 하고 문
열리는 소리가 났다. 경찰은 두 사람에게
손짓했다. 은정이 지수의 어깨를 감싼 채 뒤로
물러나자, 경찰은 테이저를 뽑아들고 천천히

문을 열었다.

　한여름이었지만 해가 저물고 있었다.
초저녁의 어스름 속에서는 무엇이 튀어나와도
이상하지 않을 것 같아, 은정은 지수와 함께
잔뜩 어깨를 움츠렸다. 하지만 한편으로는
무엇이 나오더라도 제 눈으로 확인을 해야
할 것 같아 눈을 아주 질끈 감지는 못한 채,
그는 반쯤 실눈을 뜨고 경찰의 뒷모습을
바라보았다. 그때, 현관문을 활짝 열며 집
안으로 들어서던 경찰이 걸음을 멈췄다.
그는 여전히 한 손에 테이저를 든 채, 무전기
버튼을 눌렀다. 아직 젊은 경찰의 당황한
표정 너머로 은정은 자신의 집과 똑같은
구조인 바로 옆집의, 거실 한복판에 드리워진
기묘한 그림자를 보고 말았다. 흔들, 흔들
하고 움직이는, 물에 젖은 커튼처럼 축 늘어진
사람의 모습을.

비명조차도 나오지 않았다. 하지만 다리에 힘이 풀려 일어날 수가 없었다. 지수는 어떻게든 버티려 했지만, 그 역시도 휘청거리다가 난간에 등을 부딪치며 주저앉는 것은 마찬가지였다. 순찰차에 남아 있던 다른 경찰이 뛰어 올라왔다. 끈을 풀고 사람을 내리고 심폐소생술을 하더니, 잠시 후에는 119 구급차가, 그다음에는 과학수사라는 네 글자를 옆구리에 단 승합차가 아파트 단지 정문으로 들어왔다. 숨이 멎은, 그러나 아직 온기가 남아 있는 사람을 구급대원들이 심폐소생술을 하면서 싣고 나갔고, 뒤이어 과학수사대원들이 현장을 확인했다. 잠시 후 옆집에 살고 있는 또 한 사람, 키가 크고 얼굴에는 누군가에게 한 대 맞은 듯한 짙은 멍 자국이 남아 있는 여자가 달려와 지수를 끌어안으며 울음을 터뜨렸다.

은정의 왼쪽 갈비뼈 옆구리에는 흉터가
남아 있다. 열아홉 살 때, 집을 떠나 서울에
있는 대학으로 가겠다고 말했을 때, 아버지가
너 죽고 나 죽자며 식칼을 들고 자신에게
덤벼들었을 때 다친 자리였다.

　　아버지는 손에 물 한 방울 안 묻히고
살아온 사람이었다. 집안일에 손가락 하나
까딱하지 않아 제 손으로 사람은 고사하고
주방에서 두부 한 번 썰어본 적이 없고,
양반이 어디 제 손으로 칼질을 하느냐며
돈까스도 싫어하던 사람. 엄마가 살아 계실
때는 상추쌈 한 입도 제 손으로 못 싼다는 듯,
엄마에게 쌈 좀 싸서 입에 넣으라고 하고는
제비 새끼처럼 입만 뻐끔거리던, 아주 버릇이
단단히 잘못 든 인간이었다. 죽는 그날까지

엄마를 부려먹고, 엄마 장례식에서는 죽은
엄마가 아니라 홀아비가 된 자신이 불쌍해서
어쩔 줄 몰라 하더니, 장례식이 끝나자마자
아직 중학교도 못 간 나이에 엄마를 잃은
은정에게 집안 살림을 다 맡겨놓고는,
자신은 정말로 평생 집안일에 손가락 하나
까딱하지 않고도 살 수 있을 줄 알았던 사람.
그 사람은 은정이 대학은 서울로 가겠다고
말하자마자, 배은망덕하다고 했다. 죽어
마땅한 년이라고도 말했다. 계집아이가
집에서 가깝고 학비도 싼 국립대학이면
족하지, 어디 헛바람이 잘못 들어서 서울
같은 소리를 하느냐. 서울로 간다면 대학
학비는 한 푼도 보태주지 않겠다, 가려거들랑
몸 팔아서 가거라, 그런 소리를 쏟아붓는
아비에게 은정은 침착하게 대꾸했다. 대학 갈
돈 있다고. 엄마가 생전에 부산에서 사업을

하는 큰외삼촌에게 맡겨놓은 돈이 있다고.
큰외삼촌이 그 돈을 불려 대학 학자금을
만들어놓으셨다고. 그 말을 듣자마자 아비의
눈이 뒤집혔다. 그는 돌아가신 엄마를
도둑년이라고 불렀다. 그러더니 도둑년의
새끼는 죽어도 싸다며, 식칼을 들고 나와 대뜸
은정의 얼굴을 향해 한 번, 그리고 옆구리를
향해 한 번 휘둘렀다.

　정말로 아버지가 자신을 죽일 수 있을
거라고 생각하진 않았다. 몸 쓰는 일에는
영 재주가 없는 사람이었으니까. 하지만
아슬아슬하게 눈을 피해 뺨을 긁히고, 다시
칼날이 은정의 갈비뼈 위를 찌른 순간 은정은
깨달았다. 죽일 능력이 모자란 거지, 죽이고
싶은 마음은 넘치고도 남았다. 자기 자식이,
집을 떠나 서울로 대학에 진학하겠다고 말한
것뿐인데도.

"이런, 씨불……."

갈비뼈를 찔린 사람을 내버려두고, 아버지는 칼날에 조금 베어 피가 흐르는 제 손을 들여다보며 욕설을 내뱉었다.

"네가 그렇게 피하니까 나까지 손을 다치잖아!"

이 와중에도 은정이 어떻게 되었는지, 피를 얼마나 흘렸는지는 관심도 없는 인간이었다. 자식이 되었으면, 부모가 죽인다 하면 죽는 시늉이라도 해야지, 지금 뭐 하는 거냐고. 그는 악을 썼다. 그러고 다시 칼을 들었다. 이번에는 죽겠구나, 잡히면 정말로 죽겠구나 하고 생각했다. 아니, 서걱, 하고 살이 잘리고 피가 옷을 적시는 것을 느낀 순간 깨달았다. 저 짐승 새끼는 내 아버지가 아니다. 저건 그냥 괴물이다. 엄마를 이 집에 가두어 잡아먹고, 이제 나까지 잡아먹으려

드는 괴물. 붙잡히면 죽는다. 오직 그
생각만으로, 은정은 덤벼드는 아버지를 젖
먹던 힘까지 다해 밀쳐내고 현관으로 달려가
문을 열었다.

　소리를 질렀다. 사람 좀 살려달라고.
그 말만으로는 아무도 나오지 않아, 다시
외쳤다. 불이야, 하고. 놀라서 뛰어나온 이웃
아주머니에게 매달렸다. 저 좀 살려달라고,
아버지가 저를 죽이려 하니 제발 좀
숨겨달라고. 경찰 좀 불러달라고.

　은정의 악몽은 늘 그 지점에서 시작되곤
했다. 피 흘리는 옆구리를 손으로 감싸쥔 채
대문을 열면, 그 앞은 천 길 낭떠러지였다.
아파트의 복도까지 어떻게 나왔다고 해도,
달려도 달려도 아파트 복도가 끝나지 않았다.
이웃집 문도 계단도 그 무엇도 없이 이어진
복도를 따라 도망치다 보면, 아버지가 쫓아와

목덜미를 낚아채고 은정의 목을 두 손으로
조르기 시작한다. 숨이 막히고 모든 것이
어두워질 때까지. 때로는 열리지 않는 문을
두드리며 비명을 지르는데, 아버지가 식칼을
휘둘러 은정의 등을 몇십 번이나 난자하기도
한다. 온몸에서 피가 쏟아져 몸 안에 피가 한
방울도 남지 않을 때까지. 그것은 열아홉 살의
그날부터 지금까지, 22년 동안 잊을 만하면
다시 엄습해오는 악몽이었다. 중간에 끊고
일어날 수도, 개꿈이려니 하고 잊어버릴 수도
없는 꿈.

그날 밤에도 은정은 그 꿈을 꾸었다.
하지만 이번에는 달랐다. 문은 열리지
않았지만, 은정은 등 뒤에서 칼을 휘두르는
아버지를 향해 몸을 돌려 명치를 사정없이
올려 찼다. 역겨운 술 냄새가 훅 하고
풍겨왔다. 은정은 비틀거리는 아버지를 다시

한번 밀어내고, 덜덜 떨리는 손에서 식칼을 빼앗았다. 아버지가 이번엔 은정의 목을 조르려는 듯 두 손을 뻗었다. 은정은 칼을 들어, 아버지가 자신에게 했듯이 주저없이 얼굴 한복판을 베어버린다. 피가 쏟아지는 것도 개의치 않고 아버지의 배에 칼을 꽂고 온 힘을 다해 뻑뻑한 열쇠를 돌리듯이 비틀었다. 피가 쏟아졌다. 짐승이 울부짖는 듯한 소리와 함께 자신의 목을 조르려다 미끄러진 그의 손이 제 몸을 더듬는 것을 역겹다고 생각하며 걷어찼다. 칼날 뒤쪽에 손을 베어 피가 뚝뚝 떨어지는 것도 아랑곳 않고 은정은 다시 칼을 들어 무너진 아비를 사정없이 찔렀다. 고기의 살점을 다져놓듯이 그를 찌르고 찌르고 또 찔렀다. 두 번 다시 돌아오지 못하도록, 두 번 다시 자신을 붙잡지 못하도록. 이렇게 꿈에서까지 되돌아와 자신을 괴롭히는 일 따위 없도록.

"……."

꿈에서 깨어나자마자 서늘한 한기가
느껴졌다. 식은땀을 얼마나 흘렸는지,
잠옷으로 입고 있던 낡은 티셔츠가 푹 젖어
있었다. 땀이 아니라 피는 아닐까, 은정은
티셔츠를 벗다 말고 냄새를 맡아보고, 피
냄새가 아닌 것에 다시 안도했다.

갈비뼈 옆의 상처는 깊진 않았지만,
지금도 희미하게 흉터가 남아 있었다. 지금도
그때, 대학 합격 소식을 전하다가 죽을 뻔했던
계절이 되면 상처가 다시 터지기라도 할
것처럼 그 흉터 자국이 가렵고 따끔거린다.
샤워를 하고 나와 물기를 닦다가, 그 자리를
다시 한번 들여다보았다. 상처가 잘 아물어
있는 것을 눈과 손끝으로 몇 번이나 확인하며
고개를 숙인 채 옷을 입고, 출근 가방을 들고

집을 나섰다. 문밖에는 아무도, 그 누구도 없었다. 이 집을 구입하면서 문짝과 문틀까지 새로 싹 바꿔 달아서, 은정의 집 대문은 누구 한 사람 걷어차거나 들이받은 적 없다는 듯 말끔하고 깨끗했다. 발자국 하나 남아 있지 않았다.

⋯⋯그때 아버지는, 피를 흘리며 도망치던 은정에게 도둑년이라고 소리쳤다.

도둑이라는 말에, 이웃집 아주머니가 문을 반쯤 열다 말고 깜짝 놀라 은정을 바라보았다. 사람을 모욕하고 평판을 망가뜨리고, 도망칠 자리를 남겨두지 않고, 그래서 제 손안에서 벗어날 수 없도록 몰아세우는 인간, 그것이 자신의 아버지였다. 은정이 돌아보지 않자,

아버지는 한 번 더 소리쳤다.

"죽은 제 어미도 도둑년이었어!!!!
내 돈을 친정에 다 빼돌리고!!!! 이 육시랄
년들이!!!!"

아버지는 소리치며 식칼을 손에 든 채
달려왔다. 아주머니는 얼른 문을 닫아걸었다.
현관에 무너지듯 주저앉은 은정의 등 뒤로,
쾅쾅쾅 하고 문 두드리는 소리가 울렸다.
은정은 귀를 막고 싶었지만, 손가락 하나
들어 올릴 힘조차 남아 있지 않았다. 핏기
없이 창백한 손가락 사이로 선명하게 붉은
피가 뚝뚝 떨어졌다. 아주머니는 거실로 뛰어
들어가 119에 전화를 걸었다. 경찰도 불렀다.
잠시 후 밖에서 소란스러운 소리가 났다. 손에
칼을 들고 있던 아버지는 119 구급대원의
억센 손에 붙잡힌 채 고래고래 소리를 지르고
있었다. 네놈들이 무슨 상관이야, 내 자식

죽이든 살리든, 내가 마음대로 하겠다는데.

은정이 기억하는 것은 거기까지였다.
아버지가 붙잡힌 것을 본 은정은 까무룩
정신을 잃었고, 그대로 병원으로 실려 갔다.

눈을 떴을 때는 병원이었다. 아주머니가
은정을 들여다보고 계셨다. 그렇게 오래
잠들어 있었던 것은 아니다, 상처가 깊은
것은 아니어서 바로 퇴원할 수 있다더라는
말을 듣고 있는데, 경찰이 들어왔다. 이제 막
정신이 든 아이에게 뭐 하는 거냐며 가로막는
아주머니에게 경찰들은 조사를 해야 한다고
했다. 도둑이라는 말이 사실이냐, 아무리
그래도 아버지가 말씀하시는데, 학생이 뭘
얼마나 잘못했으면 아버지가 그러셨겠느냐는
말 같지도 않은 말들이 이어졌다. 은정은
부인했다. 나는 아무것도 훔치지 않았어요.
우리 엄마도 마찬가지예요. 아버지가

생활비도 제대로 안 주던 시절에, 엄마는
공단에서 부업을 해다가 가사를 꾸렸는데,
집에다 돈을 모으면 아버지가 언젠가 내
대학 학자금까지 털어갈 거라면서 돈을
모아 외삼촌에게 맡겨놓았어요. 외삼촌에게
전화해주세요. 그 말에 아주머니는 억장이
무너지는 듯, 아이고, 아이고 아가, 하고
탄식하며 가슴을 치다가 은정을 보듬어
안았다. 하지만 경찰은 그런 은정을 대놓고
비웃었다.

"세상에 자기 자식이 아무 짓도 안 했는데
도둑이라는 아버지가 어디 있어? 학생이
뭐라도 잘못을 했겠지!"

은정은 경찰을 빤히 쳐다보았다.
그야말로, 아무것도 모르는 사람이었다.
사람이 칼에 찔려 피를 보았는데도 경찰서에
데려가 조사를 해야 하고, 사람을 칼로 찌른

범인이 하는 말을 곧이곧대로 믿는 사람. 그런 사람들은 여자의 말은 믿지 않는다. 젊은 여자의 말은, 아직 스무 살도 안 된 어린애의 말은 더더욱 믿지 않는다. 똑같이 사람으로 태어났는데, 사람 그림자도 못 된 듯한 모멸감을 느끼며 은정은 다시 한번 힘주어 말했다. 우리 외삼촌하고 이야기하시라고. 그리고 제발 외삼촌이 올 때까지만 아버지를 유치장에 넣어달라고. 아버지가 10원 한 푼 대주지 않았어도 죽을 만큼 노력해서 서울에 있는 대학에 합격했는데, 아버지에게 살해당하고 싶지 않다고.

부산 사는 큰외삼촌은 비싸 보이는 모직 코트에, 소매 밖으로 롤렉스 금딱지 시계를 찬 모습으로 나타났다. 외삼촌이 들어서서 자기 인적 사항을 대고 신분증을 내어놓자, 경찰들은 외삼촌이 뭐라 말도 하지 않았는데

아버지를 풀어주었다. 단 몇 시간 만에
유치장의 쾨쾨한 냄새가 배어 나온 아버지는,
수갑에서 풀려나자마자 이죽거리며 은정에게
손을 내밀었다.

"집에 가자. 가서 밥부터 차려라.
배고프다."

그 순간 큰외삼촌이 주먹을 휘둘렀다.
아버지가 바닥에 뒹굴었고, 경찰들이
큰외삼촌을 붙잡으며 말렸다. 그런 경찰들을,
큰외삼촌은 경멸하듯이 아래에서 위로 쭉
훑어보며 퉁명스럽게 말했다.

"집안일이요. 어디 남의 집안일에
끼어들고 있나."

"아니, 경찰서에서 사람을 때리면서 지금
무슨 말씀을 하시는 겁니까?"

"내 동생이 이 새끼한테 개처럼
두들겨 맞을 때, 경찰들이 뭐라 했노?

집안일이라 하지 않았나? 이 친구는
내 매제요. 집안일이란 말이지. 못
배워먹은 손아랫사람이 내 조카 배때지를
쑤셔놓았다는데, 지금 어디 형사라는
양반들이 애한테 이 물건을 풀어줘라 마라고?
경찰이 제구실을 못 하면 집안 어른이라도
일을 바로 다스려야지!"

"아니, 말씀이 너무 심하십니다. 그게
조카분이 심하게 다친 것은 아니고……."

"거, 형사 양반들은 사람이 칼에 찔렸는데,
그게 어디 심한 게 아니야! 칼에 찔려서 아주
뒈졌어야 심한 일이고, 숨 붙어 있으면 저
칼 들고 휘두르는 미친놈을 풀어줘도 된다
이거야? 불만 있으면, 여기 서장 나와보라고
하소. 시펄, 아주 좆만 한 새끼들이 아주."

형사들은 곧 굽실거렸다. 큰외삼촌에게
박카스도 권했다. 은정은 자신은 죽을 고비를

넘기고, 피를 흘리면서도 들어주지 않던
말들이 어떤 저항도 없이 받아들여지는 것을
보며 절망했다. 다행히도 외삼촌은 제 식구다
하는 사람은 전부 자신이 책임지고 보호해야
한다 믿는 사람이었다. 그는 세상 떠난
누이동생이 친정에 돌아온 듯 은정을 신경
썼고, 은정이 대학에 갈 수 있도록 학비도
대주었다. 그러고 은정을 학교 기숙사에
집어넣었다. 엄마가 얼마를 맡겨놓으셨는지는
모르겠지만 그럴 돈까진 없을 것 같다고,
자신이 아르바이트를 해서 어떻게든
해보겠다는 은정에게, 외삼촌은 강경하게
말했다.

　"지금은 네가 내 그늘 밑에 있으니 저게
잠잠하지, 네가 대학 간다고 서울로 홀랑
가버리면, 저게 가만히 있을 것 같나. 니,
서울로 대학 간다 소리 하면서 어느 대학인지

말했나, 안 했나. 하지 않았드나? 그럼 저건
반드시 니, 뒤쫓아온다. 네 엄마가 저거
손에서 벗어나려고 했을 것 같나, 안 했을 것
같나? 나도 몰랐다. 니 안고 동대구역까지
어떻게 도망쳐왔는데, 저게 뒤따라와서 저기
유괴범 있다고, 내 딸 안고 도망친다고 소리
질러서 붙잡아 끌고 왔더란다. 대구 놈들
인심도 각박하지. 젊은 애 엄마가 그놈한테
개처럼 끌려가고 두들겨 맞는데도 어디
말리는 놈 하나가 없더란다. 전부 벼락을
맞아 죽을 놈의 자식들이. 죽기 전에야
내한테 겨우 연락해서 그 말을 했다. 어떻게든
부산으로 데려가려고 안 했겠나. 그래도
못 간단다. 간이 딱딱해지고 복수가 차서
얼굴은 샛노랗고 배가 이만큼 나오는데도,
네 애비 밥 차려줘야 한다고 안 된단다.
나한테 네 학비 맡겨놓을 테니까 나중에 너

대학 가는 거나 잘 지켜봐달라고 안 하나.
남들 보기에는 그게 답답하고, 대체 뭐 하는
짓거리인가 싶었겠다만. 네 애비가 사람을
얼마나 달달 볶고 두들겨 패기까지 했으면
그리 되었겠나. 나하고 한판 붙자면 바로 꼬리
내리고 깨갱거릴 새끼가, 어디 때릴 데도 없는
처자식한테만 그렇게 못된 버릇이 덕지덕지
붙어서."

외삼촌은 대학교 직원 중에, 무슨
높으신 분 중에 아는 사람이 있다고 했다.
기숙사에서 먹고 자고 하면서, 아르바이트도
교내에서만 일자리를 구하라고 했다. 그
말대로 했다. 그런데도 두 번이나 아버지가
쳐들어왔다. 한번은 기숙사로 찾아와 대뜸
은정의 방에 가야겠다고 우겨대는 것을
사감 선생님이 가로막았다. 기숙사에는 다른
학생들도 있으니 가족이라고 해도 성인

남성을 들여보낼 수 없다고 하자, 그는 내 딸 내놓으라고, 경찰을 부르겠다고 되지도 않을 헛소리를 했고, 사감 선생님의 멱살을 잡았다. 그리고 잠시 후, 자신이 부른 경찰에게 붙잡혀 갔다. 그다음에는 학과 쪽이었다. 학과 사무실에 쳐들어가 은정을 불러달라고 행패를 부리던 그는, 역시 학교 경비들에게 끌려 나갔다. 하지만 이번에는 운이 없었는지 수업을 마치고 도서관에 가던 은정과 그 친구들이 아버지와 마주쳤고, 아버지는 은정을 데려가겠다며 머리채를 붙잡고 끌고 가려 했다. 친구들이 납치범이라고 소리를 지르고, 경찰에 신고하고, 용기 있는 한둘이 책가방을 휘둘러 아버지를 때리고, 학교 저쪽에서 경찰 사이렌 소리가 울려 퍼지고 나서야 아버지는 도망쳤다.

그것으로 끝난 줄 알았다. 대학을

졸업하고, 취업을 했다. 회사 근처에 작은
월세방도 얻었다. 작지만 들어가서 문을
닫으면 아늑하고 포근한, '집'이 생겼다고
생각했다. 아주 잠깐이었지만 행복해질 수
있을 줄 알았다. 그때 아버지가 또 나타났다.
알고 보니 전입신고를 하면, 아버지가
동사무소에서 서류를 떼어보는 것만으로도
은정이 어디 사는지 알 수 있다고 했다.
나타나는 족족 도망쳤다. 갑자기 이사를
나가면 보증금을 바로 돌려받을 수 없어서
우선 고시원으로 몸을 피했더니, 아버지가
집주인의 아비 되는 사람이라며 열쇠집에
전화해서 문을 따고 들어오는 바람에 집 안에
있던 현금과 돈이 될 만한 물건을 다 털리고,
어느 회사에 다니는지까지 전부 밝혀진
적도 있었다. 일단 집에 있던 물건들이 반
넘게 사라졌으니 절도 사건이라고 경찰에

신고했더니만, 경찰은 부모 자식 간에는 친족상도례라는 것이 있어서 절도죄도, 주거침입도 성립하지 않는다고 했다. 한술 더 떠, 자식이 아버지에게 서운함을 느낄 수도 있지만 이제 아버지도 연세가 많이 드셨으니 먼저 숙이고 들어가서 효도해야지, 안 그러면 돌아가신 뒤에 두고두고 후회하리라고 공자님 같은 소리나 하고 있었다. 제발 죽었으면 좋겠다. 제발 죽어 사라졌으면 좋겠다. 그런 마음으로, 눈앞에서 히죽 웃고 있는 아비를 노려보는 사람 앞에서.

겨우 이사를 했다. 그런 소란이 있었으니 보증금을 다는 못 돌려준다는 집주인 앞에서, 저런 흉물이 아버지인 것도 전부 내 잘못인가 싶었다. 다시 셋집을 얻었다. 이번에는 주소를 들키지 않으려고, 같은 동네에 부모님과 함께 사는 친구 집에다 사정을 말씀드리고 전입신고를 했다. 그러면 무사할 줄 알았다.
아버지가 친구 집에 쳐들어가 그 앞에
놓인 화분을 집어 내동댕이치며, 내 딸을
내놓으라고 소란을 피울 줄은 몰랐다. 친구
부모님은 차마 아버지를 경찰에 신고하진
않았다. 하지만 친구와 그 부모님이 무슨
대화를 나누었을지는 짐작이 갔다.

　　울면서 집에 돌아오니 더 큰일이 벌어져
있었다. 어떻게 주소를 알아냈는지 아버지가
집주인을 찾아가, 살아 계시지도 않은 은정의
엄마를 팔아 보증금의 절반을 빼 간 것이었다.
지금 생각하면 말도 안 되는 일이었지만,
아버지가 와서 애 엄마가 지금 갑자기
쓰러져 중환자실에 들어갔다며, 돈이 너무
궁해서 어쩔 수가 없노라며 한 달만 쓰고
돌려주겠다고 애원하니 집주인 아주머니도
어쩔 수 없었다고 했다. 은정은 주저앉았다.

엄마는 이미 돌아가셨다고, 10년도 훨씬
전에 돌아가셨다고, 울면서 소리쳤지만
어쩔 도리는 없었다. 인터넷을 찾아보니
소송을 할 수도 있다고 나왔지만 갓 대학을
졸업하고 이제 막 직장 생활을 시작하던
은정으로서는 집주인을 고소한다는 것이
너무나 아득하고 불가능한 일처럼 느껴졌다.
죽고 싶을 만큼 억울했지만 집주인도 나쁜
마음으로 그 돈을 내어준 게 아니었을 것
같아서 더욱 답이 나오지 않았다. 집주인도
미안해하며, 지금 남은 보증금으로 만기까지
그대로 지내도 된다고 말해주었지만, 그게
문제가 아니었다. 아버지를 피해 또다시
도망쳐야 한다는 게 문제였다. 얼마 안 되는
짐을 싸서 회사에 가져다두고, 급히 부산으로
향했다. 외삼촌에게 그간의 일을 이야기하자,
외삼촌은 나중에 시집갈 때 보태주려 했다며

통장 하나를 건넸다. 염치 불고하고 그 돈을 받고, 전입신고는 외삼촌 댁에 해두었다. 아니나 다를까, 아버지는 이번에는 은정을 찾아 부산으로 향했다.

몇 번을 찾아가도, 부산 바닥을 싹 뒤져도 없다는 것을 알고서야 아버지는 외삼촌 댁에 쳐들어가는 것을 그만두었다. 대신 다시 서울로 돌아와, 이번에는 은정이 처음 다녔던 회사 근처에 얼씬거렸다. 퇴사한 신은정의 아비 되는 사람이라며 어디로 갔는지를 캐물었고, 새로 옮긴 회사 근처에 나타나기 시작했다. 평소처럼 버스와 지하철을 타고 집으로 갔다간 또다시 추적당할 게 뻔해서, 상사의 차를 타고 일단 집과는 정반대 방향으로 갔더니, 이번에는 상사가 뺑소니로 신고당해 경찰이 집까지 찾아오는 일도 있었다. 주변의 소개를 받아 참하다는 남자와 몇 번 데이트를 한 적도 있었다. 역시 납치 사건이며 뺑소니 사건이라고 신고가 들어갔다. 전부 아버지가 벌인 짓이었다. 그런 일들을 저질러놓고, 아버지가 원하는 것은 그저 내 딸을 되찾는 것뿐이라 했다. 피해를 입은 직장 상사며 데이트 상대들은 처음에는 당황하고, 그다음에는 분노하며 자신을 무고하고 거짓 신고를 한 상대를 고소하겠다 나섰지만, 그 미친 짓을 벌인 사람이 은정의 아버지라는 말을 듣고는 은정이 불편해할까 봐 고소를 취하했다. 다들, 착해도 너무 착한 사람들이었다. 때때로 은정에게 아버지와 어떤 문제가 있는지, 아버지를 경찰에 신고하는 편이 낫겠는지 물어보는 이도 있었지만, 그럴 때는 경찰이 아버지의 편을 들었다. 부모 자식 간에 오해가 있을 수도 있는 건데, 괜히 낯 붉힐 일에 끼어들지 않는 게 사람 사는 지혜라고. 어쩌면 이렇게, 세상의 지혜와 인정은 전부 아버지에게만 유리한 걸까. 절망이 겹겹이 쌓이면 눈물도 나지 않았다.

사람들은 쉽게 말하곤 했다. 아버지가 그렇게 딸을 만나고 싶어 하니, 이전에 무슨 일이 있었는지 몰라도 이제는 화해를 하고 싶은 거라고, 더 늦기 전에 아버지와 만나서 말로 좀 풀어보라고도 말했다. 그게 아니라는 것을 사람들은 몰랐다. 본인들은 충고라고 생각했지만, 사실은 남의 일이라고 아무렇게나 떠들어대는 것에 불과했다. 아버지가 바라는 것은 딸과 화해하는 것이 아니었다. 다른 사람들이 보는 앞에서는 제멋대로 자기 인생 살겠다고 집을 나간 못된 딸과, 그런 딸을 그리워하는 불쌍하고 헌신적인 아버지인 것처럼 굴다가, 얼굴을 마주하면 다시 번들거리는 눈을 하고 그런 말을 했다. 자식을 낳았으면 부모를 봉양해야 할 게 아니냐, 효도를 해야 할 게 아니냐, 낳아주었으면 도리를 다해야 할 게 아니냐, 자기 혼자 살겠다고 부모를 떠나는 자식 따위 필요 없다. 죽어라, 죽어버려라. 그게 아니면 너를 낳고 키워준 값을 내놓아라. 그는 변하지 않았다. 그는 자신을 부양하고 밥을 차려줄 소유물이 없어진 데 분노하는 것일 뿐, 자식을 사랑하고 그리워하지 않았다. 그런 것을, 아는 사람은 뼈저리도록 절절하게 이해하며 은정을 위로했지만, 모르는 사람은 끝까지 이해하지 못한 채 그래도 부모인데 자식이 숙여드려야 하지 않느냐고 말하곤 했다. 그런 말을 들을 때마다 은정은 벼랑 끝을 붙잡고 있는 손가락을 누군가가 하나하나 떼어내는 듯한 느낌을 받곤 했다.

서울에 있는 대학에 가겠다고, 대학교 합격 소식을 전하려다가 식칼에 찔려 죽을 뻔했던 그날부터 3년 전, 아버지가 마침내 죽었다는 소식을 들었을 때까지, 은정은 단 한 순간도 쉴 수가 없었다. 집을 계약하는 것도, 자동차를 구입하는 것도 바랄 수 없는 일이었다. 자신의 주민등록은 예전엔 외삼촌 댁에, 외삼촌이 돌아가신 뒤에는 사촌오빠 댁에 얹혀 있었고, 사는 집의 현관에는 무슨 일이 생겼을 때 도망칠 수 있도록 중요한 물건들을 담아놓은 배낭이 놓여 있었다. 서른여덟 살, 아버지의 부고를 받을 때까지 은정은 한순간도 그 짐을 풀지 못한 채로, 길 위에서 사는 듯이 살았다.

그래서 저간의 사정이야 모르지만, 옆집의 일을 보고도 놀라지 않았다. 부모가, 형제가, 가족이 의지가 된다고 생각하는 사람들은 결코 이해하지 못하겠지만. 세상에는 남이면 차라리 나은 일도 있는 것이다.

❖

"저, 오후에 조퇴 좀 해야 할 것 같아요."

사무실에 들어가자마자 은정이 말했다. 팀장이 파티션 위로 고개를 쳐들었다.

"총무 파트가 비우면 어떡하라고."

"이번 주는 바쁜 주간 아니고, 우리 직원들 다 잘하잖아요."

"아니, 갑자기 휴가를 다 쓰고 그래서 말이지. 무슨 일 있어? 내일 토요일이라고 어디 놀러간다거나?"

"그런 건 아니고요. 어제 우리 이웃집에 사고가 좀 있었어요. 그래서 경찰서에 증언하러 와달라고 하네요."

"무슨 일인데. 불이라도 났나?"

"사람이 한 분 돌아가셨어요."

은정은 그렇게만 말했다. 진실은
아니지만, 사실이긴 했다. 다들 무슨 일인가
궁금한 듯했지만, 무슨 흉한 일이 있었겠거니
하고 말을 삼키는 분위기였다. 더 캐묻지
않아서 고맙다고 생각하려는데, 저쪽에서
상무가 건들거리며 총무 파트 쪽으로
다가왔다.

"무슨 일이야? 사람이 죽어? 이웃집에?"

"예, 뭐. 그렇죠……."

"그럼 그, 요즘 많이들 말하는 고독사 같은
건가? 맞아? 막 옆집에서 이상한 냄새 나고
그랬어?"

"……그런 건 아니고요."

정말로 끔찍할 정도로 남의 일에 관심이
많은 사람이다. 사람이 죽었으면 죽은 거지,

어떻게 죽었는지가 뭐가 그렇게 중요해서 무슨 연예인 가십 물어보듯이 자꾸 캐묻는 건지. 은정은 고개를 돌렸다. 불쾌한 표정을 미처 숨기지도 못한 채였다.

"그럼 별일 아니네. 신 차장, 점심 먹고 나가지? 오늘 사람 좀 만나지?"

"점심시간에 바로 나가야 할 것 같습니다. 집이 가까운 게 아니어서요. 오전에 급한 일만 마무리하고, 점심시간부터 바로 조퇴 쓰려고 하는데요."

"아, 그러지 말고 밥 먹고 가지. 내가 지난번에 이야기한 친구 있잖아. 내 친구 조카. 오늘 점심때 와보라고 했는데."

"……상무님."

"신 차장 만나러 여기까지 와본다는데, 그렇게 바람맞히면 쓰나."

"경찰서 가기로 시간 약속 잡혀 있는

것도 있고, 무엇보다도 저 그분 만나겠다고
말씀드린 적 없는 것 같은데요."

"아니, 시집 못 간 처녀들이 어이쿠,
좋습니다, 만나보겠습니다 하고 나서는 걸
기다리다간, 세상에 결혼한 사람이 없게. 이럴
때는 그냥 못 이기는 척하고 나와보는 거야.
약속이야 뭐, 경찰서에 전화해서 좀 미루면
되지. 응? 생긴 것도 멀끔하고, 공부도 많이
해서 해외 유학도 다녀왔고. 그렇지. 키도
커요. 나보다 요만큼 더 크니까. 응?"

"......"

"정말 괜찮은 친구니까, 공짜 밥 먹는다
생각하고 그냥 한번 만나나 보라고. 어때?"

팀장이 은정을 흘끔거리며, 상무 눈에
띄지 않게 손짓을 했다. 그냥 못 이기는 척,
그러겠습니다, 대답하라는 뜻인 듯했다.
은정이 대답하지 않자, 상무는 불쾌하다는 듯

짐짓 목소리를 높였다.

　"뭐야, 설마 한 번 다녀왔다고 그래? 돌싱이면 흠이 있다거나, 뭔가 별로겠거니 생각하는 거야? 신 차장, 사람 만나보지도 않고 그런 데 편견 갖는 사람이었어? 이거 실망인데?"

　물론 옛날 같으면, 그리고 딸을 사랑하는 부모님이 계신 집안 같으면, 이것도 경을 칠 일이라는 것 정도는 상무도 알고 있을 거다. 혼기는 놓쳤어도 미혼인 딸에게 대뜸 재취 자리를 가져다 안긴다고, 그런 중매를 서는 사람에게는 욕을 바가지로 해서 내쫓았을 것이다. 그런 걸 뻔히 아는데도 들이미는 상무도 뻔뻔했다. 세상이 바뀌었다고 해도, 며칠 전에 낙하산으로 온 상무가 직원들 속사정에 대해 알면 뭘 얼마나 안다고 대뜸 사람을 소개하겠다는 것인지. 이건 그야말로

자기가 직장 상사라서 쉽게 거절하지 못할
걸 아니까 떠다 넘기는 거라고 해도 과언이
아니었다.

　"당분간 결혼 생각 하지 않고 일에만
전념하려고 했는데 그런 말씀 하시니까 좀
당황스러워서요. 상무님 말씀대로 괜찮고
훌륭하신 분이라면, 결혼할 마음의 준비가
되어 있지 않은 제게는 너무 과분한 상대일 것
같고요."

　그리고 정말 괜찮은 사람이라면, 엊그제
이야기해놓고 바로 만날 약속을, 그것도
도망도 치기 어렵게 평일 점심시간에
잡아놓지는 않을 것이다. 이혼을 했다고
반드시 그 사람에게 문제가 있다고는 할
수 없지만, 다짜고짜 만나보라고 강권하는
걸 보면 모르긴 몰라도 뭔가 흠이 있는
작자겠지. 은정은 상무가 딱하게도 너무 속이

들여다보이는 짓을 하고 있다고 생각하며,
영업용 미소를 지었다.

"……저는 어제 그런 흉한 일이 있어서
지금 누굴 만나고 좋은 이야기를 나눠보고
할 정신이 전혀 없으니까, 죄송하지만 좀
사양하겠습니다."

"아, 신 차장!"

상무가 소리를 빽 하고 질렀다. 은정은
속으로 상무를 비웃었다. 누가 소리
지르면 기 죽을 줄 아나. 회사에서 소리나
지르는 인간치고 멀쩡한 상사는 없다.
못나고 콤플렉스 덩어리인 데다 집 안에서
가족들에게 소리나 꽥꽥 질러대면 다인 줄
아는 모자란 인간들이, 꼭 밖에 나와서도
자기가 소리 좀 지르면 다들 알아서
숙여주겠거니, 알아서 비위 맞춰주겠거니
하는 법이다. 은정은 이제는 불쾌한 표정을

숨길 생각도 하지 않고, 있는 대로 얼굴을
찌푸리며 대꾸했다.

"……제가 어제 시신을 봤더니 놀라서
누굴 만날 상황이 아니라고요."

"……."

"놀라기도 심하게 놀랐고, 경찰에도 가야
하고, 처리할 일들도 많고, 할 일이 한두
가지가 아닌데도 회사 업무에 누 끼치지
않으려고 출근부터 했어요. 저 이거 빨리
일하고 조퇴해야 하니까, 소개팅은 없었던
일로 해주세요. 애초에 제가 하겠다고 동의도
하지 않았지만."

"야, 신 차장아."

상무는 이제 숫제 어르고 달래려는
듯이 다가와서, 안 어울리게 친한 척을 하기
시작했다. 정말 업무에 방해가 될 지경인데도,
그는 제 할 말만 급한지 은정의 자리까지 밀고

들어와서 구슬리려 들었다.

"걔가 가까이 사는 애도 아니고, 멀리도 사는데. 내가 정말 괜찮은 여자 있으니 좀 만나보라고 해서 굳이 여기까지 오는데 말이다. 그걸 이렇게 바람맞히면 내 얼굴은 뭐가 되나. 응? 그냥 밥만 먹고 가라, 좀."

"……제가 누굴 만날 마음이 없다는데 왜 멋대로 그러시는지 모르겠네요."

"야, 네가 지금 튕기는 것도 한철이지. 골드 미스니 그런 것도 다 지나간 유행인 것 몰라?"

"그렇게 치면 요즘 트렌드는 비혼이지요."

"너 정말 내 말 안 들을 거야?"

얼마나 가까이 와서 소리쳤는지, 모니터에 침방울이 튀었다. 은정은 키보드를 두드리다 말고 상무를 쳐다보았다.

"저 정말 소개팅할 마음도 없고, 어제

험한 꼴도 봤고, 오늘은 경찰서도 가야 하는
데다, 지금 이러시는 것 업무상 위력으로 개인
사생활까지 침해하시는 거니까 하지 마세요."

상무는 두어 번 더 고함을 치다가
씩씩거리며 사라졌다. 팀장은 머리를 감싸
쥐었고, 영업 파트에서는 흘끔거리며 총무
저래도 되느냐고 수군거렸으며, 총무 파트
직원들은 은정의 자리로 다가와 한마디씩
위로했다.

"차장님, 괜찮으시겠어요?"

"괜찮아, 나 잘려도 갈 데 많아."

"이런 걸로 차장님 자르면 안 되죠. 차장님
안 계시면 회사 안 돌아가는 거, 누구나
아는데."

"사장님도 회계에는 관심 없고, 회사 장부
전체 다 파악하고 계신 거 차장님이잖아요.
우리 회사 완전 실세인데."

"상무인지, 술상무인지, 낙하산으로 오신 분이 정말 자기가 뭐 되는 줄 알고."

"근데 이웃집 일은, 어떻게 되신 거예요. 차장님 댁은…… 괜찮아요?"

"……응, 괜찮아."

은정은 애써 웃으며 대답했다.

"좀 놀라긴 했지만. 이웃 사람이 무슨 잘못을 한 것도 아니고, 흔히 생각하는 그런 안 좋은 일도 아니고. 그냥 사고야, 갑작스러운 사고."

직원들을 자리로 돌려보내고, 은정은 다시 업무 프로그램을 띄워놓고, 이번 주에 해놓아야 할 일들을 전부 꼼꼼하게 마무리해 기안을 올렸다. 조금 서둘렀더니 12시 전에는 일이 얼추 정리가 되었다. 은정은 팀장에게 보고를 하고, 퇴근 준비를 했다. 팀장이 한숨을 쉬었다.

"신 차장. 상무가 너한테 잘못한 건 맞는데, 그래도 월요일에 죄송하다고 그래라."

"……죄송하다고 하면 또 사람 만나라고 할 것 같은데요."

"그냥 만나고 차."

"팀장님, 저 결혼 안 했다니까 갑자기 신나서 저렇게 서두르는 거 보면 모르세요? 뭔가 치우지 않으면 안 될 문제가 있는 상태인 거라고요. 한 번 만나주면 결혼 날짜 잡으려고 할걸요? 팀장님 여동생이라도, 상무님 친구분 조카 만나라고 할 거예요?"

"……아니지."

"아니면 저보고 사과하라고 하지 마세요. 지금 옆집에서 사람이 죽어서 그 일로 경찰 만나러 간다는데, 소개팅을 해라 마라 하는 게 말이 되냐고요. 말도 안 되는 소리지."

은정은 웃으며 인사를 하고 사무실을

나섰다. 누가 노려보기라도 하는지, 괜히
뒤통수가 근질거리는 느낌도 들었다.
마음대로 하라지. 은정은 뒤도 돌아보지 않은
채 엘리베이터를 탔다.

어쩌면 세상에는 이렇게, 남의 인생을
좌지우지하고 싶어 하는 사람이 많을까.

아버지처럼, 저 낙하산 상무처럼, 옆집 두
여자 중 한쪽의 어머니라는 그 아주머니처럼,
소리 지르고 문짝을 걷어차대면 뭐든지
자기가 원하는 대로 이루어질 줄 아는
사람들. 요즘 같으면 유치원만 가도 드러누워
떼를 쓰면 아무것도 들어주지 않을 거라고
가르친다는데. 기본 중의 기본조차 배우지
못한 사람들. 우격다짐으로 떼를 쓰다가,
뜻대로 되지 않으면 제 화에 겨워 그렇게 남의
집에서 목을 매달고 죽는 걸까.

❖

회사 앞에서 광역버스를 타고 가다가 집에서 한 정거장 일찍 내려 조금 걸어가면 경찰서였다.

은정은 사건의 피해자도, 죄를 짓고 잡혀 온 사람도 아니었지만, 경찰서에 들어가는 것은 어쩐지 긴장이 되었다. 은정은 잠시 심호흡을 하고 안으로 들어가 현관에 있던 안내 직원에게 자신의 이름과 오늘 만나기로 한 형사의 전화번호를 알려주었다. 형사과 앞에 놓인 의자에 앉아 잠시 기다리자, 담당 형사가 나와 은정을 안으로 데려갔다.

"평일인데 시간 내주셔서 감사합니다. 아, 긴장되시죠. 여기가 건물도 좀 낡았고, 분위기 자체가 어둑어둑해서 더 그렇네요."

"괜찮습니다."

"커피 좀 드세요. 그냥 현장을 목격하셨으니까, 그에 대해 간단한 조사만 할 겁니다. 괜찮으시죠?"

담당 형사는 차분한 목소리로 은정을 안심시키고 정말로 기본적인 것들을 물어보았다. 어떻게 그 사건을 목격하게 되었는지, 이웃 사람들은 어떤 사람들이었는지, 503호에서 목을 매고 자살한 그 아주머니를 전에도 본 적이 있었는지. 은정은 아는 대로 말했다. 그 전날 아주머니가 503호의 문을 걸어차며 소란을 피운 일에 대해서도 이야기하자, 담당 형사는 바로 112 접수 기록을 살펴보았다.

"그때 사건 신고하신 것도 선생님이셨나요?"

"……예."

"신고해주셔서 감사합니다. 사실 이런

사건도 말하자면 가정폭력의 연장선에 있는
거라서요. 아동 청소년기의 가정폭력이나
배우자에게 당하는 가정폭력에 대해서는
계속 이야기가 나오고 있지만, 자녀가 성인이
되어서도 계속되는 가정폭력에 대해서는
사람들이 말을 잘 안 하거든요. 그냥
집안일이다 하고. 아니면 그 자녀가 마침내
부모를 살해하거나 하면 그때서야 주목하고."

"……그러고 패륜아라고 부르죠."

"예, 그래서 사실 이런 일도 주변에서
신고를 해주시면 좀 더 스무스하게
처리되기도 해요. 본인이 신고하면……
사실은 이것도 엄밀히 말하면 가정폭력인데,
아직도 부모 자식 간의 일이니까 그냥 좋게
넘어가자는 경우가 없지 않거든요."

이 형사는 알고 있을까. 지금 그가 하는
말이, 갈비뼈를 꿰매고 정신이 들자마자

경찰서로 끌려와 아버지의 일을 좋게좋게
처리하자고 말하던 그 경찰들에게 듣고
싶었던 말이라는 것을. 은정은 눈물이 날 것
같아 살짝 고개를 숙였다. 이웃 사람들이
겪은 일도 보통 일은 아니겠지만, 그나마 좋은
경찰을 만난 것 같아서 조금은 안심이 되었다.

조사를 받고, 자신이 진술한 내용을
형사가 기록한 것을 읽어보고, 이 내용이
사실과 다르지 않다는 문서에 서명을 했다.
은정이 복도로 나왔을 때 아까 은정이 앉아
있던 의자에는 503호에 사는 두 사람이 손을
꼭 잡고 앉아 있었다. 은정이 눈인사를 하자
지수가 얼른 일어나 인사를 했다.

"죄송해요, 저희 때문에 경찰서까지……."

"아니에요, 저는 조사받을 것 다 끝났어요.
그런데 두 분은……."

아무래도 어머니의 일인데, 장례식은

끝나고 조사를 받는 게 아닌가 싶었다. 키가
큰 여자가, 울어서 목이 쉰 듯한 목소리로
대답했다.

"스스로 목숨을 끊으셨으니까……
조사라든가 부검이라든가 그런 게 먼저라고
해요."

지수와는 두 살쯤 차이가 났고, 키가
큰 여자 쪽과도 많이 차이 나진 않을 것
같았지만, 어쩐지 은정의 눈에는 두 사람이,
두려워하는 어린아이들처럼 가엾고 딱해
보였다. 은정은 부드럽게 나는 당신을 해치지
않겠다고 달래어 약속하듯이 말했다.

"그렇군요……. 이웃이니까, 혹시 필요하신
것 있으시면 말씀하셔도 돼요."

"감사합니다."

"저는 신은정이라고 해요. 이쪽 분은
유지수 씨라고 하셨고, 같이 계신 분은……?"

"저는 박해나예요."

"아, 해나 씨. 그러니까 이번에…… 어제 그분이."

"저희 어머니세요."

"……상심이 크시겠습니다."

상주에게 건넬 인사로 가장 무난한 것은 고인의 명복을 빈다는 말이겠지만, 그런 말을 건넬 상황은 아무래도 아니었다. 은정은 상심이 크시겠다며 간단히 말하고 자리를 뜨려 했다. 마침 아까 은정을 조사했던 형사도, 서류 정리가 얼추 끝났는지 이번에는 두 사람을 데리러 복도로 나왔다. 그때였다.

"사람이 죽었는데! 시발, 사람이 죽었는데!!!!"

복도 저쪽에서, 웬 덩치 큰 남자가 발을 구르며 달려왔다. 그는 막으려는 경찰을 떨쳐버리고, 은정마저도 걸리적거린다는 듯

팔로 쳐내고는, 대뜸 지수의 멱살을 잡았다.

"야, 이 개년아!"

지수의 안경이 허공으로 날았다. 해나가
비명을 질렀다.

"오빠!!!! 오빠, 그러지 마, 오빠!!!!!"

"이 미친년아, 너 언제까지 이 레즈년한테
미쳐서는! 이 개호로잡년이 엄마를
죽였는데!"

"……진짜 말 안 통하는 집구석이네."

지수는 입가에 묻은 피를 닦으며 남자를
노려보았다. 경찰 서너 명이 달라붙어 지수와
남자 사이를 떼어놓았다. 남자가 고함을 쳤다.

"살아 계셨다며. 야, 이 쌍년아. 너 집 앞에
왔을 때 우리 엄마 아직 살아 계셨다며! 그럼
문 열고 들어가서 구해냈어야 할 거 아니야!
우리 엄마 죽니 사니 하는 게 한두 번이
아닌데!"

억지다. 그 안에 누가 있는지, 무슨 짓을 저지를지 어떻게 알고. 다행히도 지수는 눈 하나 깜짝하지 않고 차가운 표정으로 남자의 말에 반박했다.

"입은 비뚤어졌어도 말은 바로 합시다, 예. 해나 어머니께서 제 집 문짝을 축구공처럼 걷어차서 아주 반쯤 부숴놓은 게 바로 전날 일이에요. 해나 지갑에서 제 집 카드키만 없어진 게 지난주였고요. 그런 상황에, 내 집 안에서 누가 부스럭거리는 소리가 나는데 누가 미쳤다고 바로 문 열고 들어갑니까? 그 집 아줌마가 나 죽이려고 칼 들고 문 앞에 서 있을 줄 어떻게 알고?"

"야!!!!!!"

"나도 살아야 할 것 아니에요. 안 그래요?"

"아무리 그래도 말이야! 사람이 안에 있는데!"

"예, 사람이 안에 있는 것 같아서 경찰 불렀어요. 그냥 들어갔다가 무슨 일 날까 봐 경찰 불러서 같이 들어간 겁니다. 난 그 양반이 나만 없으면 해나가 그 집으로 다시 기어 들어갈 거라고, 그래서 나만 없으면 된다고 단단히 착각해서 어떻게든 날 죽일 생각만 하는 줄 알았지, 내 집에서 목이나 매고 있을 줄은 정말 꿈에도 몰랐는데. 지금 그래놓고, 내 탓만 하면 답니까? 예?"

"애초에 네가 해나를 꾀어내지 않았으면 아무 문제도 없었겠지!"

"해나가 다섯 살 난 어린애예요? 내가 무슨 사탕 사준다고 꼬드겨서 유괴라도 한 것처럼 그러시는데, 해나 서른다섯 살이에요. 자기가 좋아하고 같이 살 사람 결정하는 것 정도는 하고도 남지!"

"야, 그냥 문 열고 들어가서,

제가 잘못했습니다. 해나는 집에
돌려보내겠습니다. 네가 그랬으면 우리
엄마는 안 죽었을 텐데! 네가! 꼴에 수작을
부리고 버티다가 우리 엄마를 죽였어!"

"……이게 지금 뭐라는 거야."

"야!!!!"

"해나야, 나 이거 너무 말 같지도
않은 소리라서 말이 안 나오는데. 그리고
미안하지만 나 너희 오빠에게 맞은 거, 진단서
좀 끊어야겠다. 아주 제대로 맞은 것 같네."

남자는 경찰들에게 붙잡힌 채로도 주먹을
흔들어대며, 지수에게 계속 소리쳤다. 피해
보상을 청구하겠다, 손해배상을 청구하겠다,
우리 어머니 목숨 값을 내놓으라면서. 지수는
복도로 달려 나온 경찰들 모두가 들으라는 듯,
짐짓 목소리를 높여 대꾸했다.

"진짜로 돈이라면 가족도 팔아먹을

분들이시네. 전에는 우리 해나 키워준 값을
내놓으라고, 나한테 해나 먹이고 입히고
키우고 대학 보낸 비용까지 싹 쳐서 4억 얼마,
청구서 내미시더니.”

"그 얘기가 왜 여기서 나와!”

"지식이고 가족이면, 키워준 값을
내놓으라고 하는 게 아니라 드라마에서처럼,
우리 애랑 헤어져달라, 얼마면 되겠냐 하고
나한테 돈을 줘도 시원치 않을 텐데 말이야.
그게 뭐 하는 거냐고. 난 진짜 인신매매범이
따로 없다고 생각했는데.”

남자가 다시 경찰들을 뿌리치며 지수에게
덤벼들었다. 형사들이 다시 남자를 붙잡고,
이번에야말로 수갑을 채워 어디론가 질질
끌고 갈 때까지 그 소란은 계속되었다. 형사
한 명이 지수에게 얼음 팩을 꺼내다 주었다.
지수는 쓴웃음을 지었다.

"해나와 함께 사는 내내, 저 집안 식구들은 무슨 일이 조금만 잘못되어도 전부 저 레즈년 탓이라고 그랬었죠. 그러다가 결국은 여기까지 왔네요. 아, 그저께 들으셨죠? 아주 동네가 떠나가라, 레즈년이 내 딸을 꾀어냈다고 소리소리를 지르셨는데."

"해나 씨가 많이 힘들었겠어요."

은정이 담담히 말했다.

"오빠만 봐도 짐작이 가서요. 나도 가족이랑 좀 그랬거든요."

"그러셨구나……."

지수는 웃었다. 자신은 괜찮다는 듯, 별일 아니라는 듯. 문득 은정은 자신도 지수와 같은 사람을 만났다면 지금 누군가와 함께하고 있지 않을까 생각했다. 해나의 가족들 문제에 맞서면서도, 해나 앞에서는 별일 아니라는 듯 대범하고 태연한 모습을 보일 수 있는,

마음에 단단하게 중심이 잡혀 있는 누군가를
만났더라면.

　아니다, 그런 사람을 만났더라도,
아버지는 그런 사람의 마지막 인내심까지
전부 긁어내버린 다음, 자기는 그저 딸을
되찾으려던 것뿐이라고 주장할 사람이었다.
그런 생각을 하니 은정은 더욱더, 지수와
해나가 당한 일이 당장 자신의 일이 아닌데도
마음이 바닥까지 무너져버릴 것 같았다.
부모라는 것이, 가족이라는 것이 대체
뭔지. 대체 어떤 악연으로 우리는 부모와
자식이라는 이름으로 만났던 것인지.

　픽션 속에서는 삶도 죽음도 필요
이상으로 과장되곤 하지만, 현실에서는

이웃집에서 일어난 사건이 사람들의 인생을
뒤바꾸어놓는 일 따위는 거의 일어나지
않는다. 해나의 어머니가 지수의 집에서 목을
매고 자살한 사건에 대해서도 마찬가지다.
아파트 같은 동에 사는 사람들은 그 집에
'말로만 듣던' 동성 커플이 산다더라는
이야기도 했지만, 그보다는 아파트 집값이
떨어지는 문제를 걱정하곤 했다. 누군가는
케이블 TV에서 추리 드라마라도 많이 본
듯이, 잘난 척하며 말하기도 했다.

　"그러니까 이건, 복수를 하느라고 자살한
게 아닐까 싶은 거지."

　"아니, 복수를 하려면 딸이랑 사는 사람을
잡아다 족쳐야지, 왜 그 집에 가서 자살을
해?"

　"그 집 여자들 둘 다 아직 마흔도 안
되었잖아. 그럼 자기 집이면 그게 제일 큰

재산인데. 원래 집에서 자살하거나 살인 나거나 하면 제값 받고 못 팔잖아?"

"에이, 그런다고 자살을 하진 않지. 자긴 드라마를 너무 많이 봤다."

어린이집이나 유치원이 파한 손주들을 놀이터에 풀어놓은 할머니들은, 놀이터 옆 작은 정자에 옹기종기 모여 앉아 그런 이야기들을 늘어놓았다.

"아이구, 거기 옆집이지? 이리 좀 와 봐봐."

같은 층에 사는, 분리수거하면서 눈인사나 좀 나누었던 할머니가, 퇴근길에 채소 가게에 들러 저녁거리를 사 들고 돌아오는 은정을 보고 손을 흔들었다.

"이야기 좀 해봐. 뭐 좀 들은 거 없어?"

"없어요. 저 맨날 늦게 들어오고. 그날도 퇴근하던 길이었는걸요."

"아니, 그래도 말이야. 그때 503호

사람이랑 같이 있었다며."

"퇴근하다가 단지 앞에서 만나서 같이 올라온 것뿐이에요."

사실은 말을 길게 섞고 싶지 않았다. 이웃 사람들과 각별히 친하게 지내는 것도 아니고, 이야기 나눠봤자 503호를 헐뜯는 말이나 들을 것 같았다. 그래서 그냥, 은정은 옆집 사람들이 좋은 사람이라는 말만은 해야 할 것 같았다.

"……사실 이번 일은 잘 모르지만, 503호 사람들 착한 사람들인데, 이번 일로 너무 충격받진 않았으면 좋겠어요. 그 사람들이 누굴 해친 것도 아닌데, 험담하는 이야기도 안 나오면 좋겠고."

"하긴, 그렇지. 그 집 자매가 인사 하나는 또 얼마나 깍듯해."

"자매가 아니라니까. 애인이라잖아."

"그래, 뭐. 근데 뭐, 여자끼리 사는 게 뭐 이상한가. 원래 결혼하기 전에도 타지 나오면 친한 언니 동생이랑 같이 살고, 서방 죽고 나면 또 가족 삼아 나이 비슷한 언니 동생이랑 한집에 살고 이웃해 살고 하는 거지."

"그건 또 그렇기도 하네."

"그게 그거랑 같나?"

"아냐, 아니지. 누구랑 살든 사이좋게 의지하고 살면 된 거지. 그나저나 503호는, 아주 이사를 나가는 건가?"

"그렇게 빨리 집이 나갔을라고? 그런 일이 있었으면 벌써 부동산집에서 이야기가 있었겠지."

할머니들의 이야기가 이어졌다. 은정은 다시 장바구니를 들고 조용히 집으로 향했다.

그 일이 있고, 벌써 3주가 지났다.

그사이 많은 일들이 있었다. 옆집에서는
어디로 몸을 피한 것인지, 아예 이사를
간 것인지는 모르지만 짐을 실어 나갔다.
지난주부터는 인테리어 업자가 드나들며
집수리를 하기 시작했다. 엘리베이터에는
집수리 때문에 소음과 먼지가 발생할 수
있음을 알리고 미리 양해를 구하는 안내문이
붙었다. 사람 죽은 집이니 도배라도 새로
해야겠다 싶었을 수도 있고, 아예 집을
수리해서 내놓고 다른 데로 이사해야겠다는
생각을 했는지도 모른다. 역시, 은정이라면
그런 일을 겪은 이상 이 동네를 떠나고
싶을 것 같았다. 사람들의 수군거림도
신경쓰이거니와, 해나의 오빠라는 작자가
경찰서에서 해댄 짓을 생각하면 더욱 그랬다.
어떻게든 집을 내놓고, 자기 집이라면 급한
대로 세입자라도 구해서 집어넣고, 다른 데로

이사해야만 할 것 같았다. 그러지 않았다간 이번에는 해나의 오빠가 쳐들어와 또 무슨 난동을 벌일지 모를 일이었다.

채소를 손질해 저녁 준비를 시작하며, 은정은 오늘 낮에 있었던 일을 생각했다.

점심때 소개팅을 했다. 상대는 상무가 소개한, 친구의 조카라는 그 남자였다. 몇 번이나 거절했지만, 그날 이후 2주가 넘게 계속 조르는 바람에 어쩔 수 없이 벌어진 일이었다. 이번 한 번뿐이다, 싫다는데 또 만나라고 하면 차라리 회사를 그만두겠다고 선을 긋고, 회사에서 가까운 경양식집에서 만나기로 했다. 총무팀 직원들도 그 소식을 듣고 따라 나가, 은정의 자리 근처에 앉아 있다가 무슨 일이 생기면 바로 돕기로 했다.

회사 근처 경양식집에서 만나자고 할 때

이미 알아봤어야 했다. 소개팅에 나온 상대
역시 결혼할 생각은 없었다는 것을.

　"우선, 이런 데 나오시게 한 것을 죄송하게
생각합니다."

　그는 꽤 점잖고 착실해 보이는, 마흔다섯
살쯤 된 남자였다. 적당히 호감 가는
외모에다, 혼자 사는데도 옷차림이 너무 튀지
않을 정도로 단정한 것이, 한 번 이혼했다고
해도 본인이 마음먹고 결혼할 상대를
찾는다면 재혼이 어려울 것 같지는 않은 사람.
그런 사람이, 은정을 보고는 원하지도 않는
소개팅 자리에 끌려 나오게 된 일을 사과부터
하고 있었다.

　"들으셨는지 모르겠지만 저는 한 번
결혼에 실패한 사람입니다. 그랬더니 주변
어른들께서 누구든 만나서 결혼을 해라,
그래도 집안 대는 이어야 하는 게 아니냐고

성화십니다."

"아. 예……."

"처음에는 뭘 모르는 어린 여자를
만나라고 선 자리를 주선하셔서, 제
또래가 아니면 아예 만나지도 않겠다고
했더니, 이젠 마흔 살 전후로 결혼 안 하신
분이 계시면 무조건 저와 만나게 하려고
성화시네요. 앞으로 4, 5년쯤 지나면,
그래서 결혼은 물론이고 자식을 낳는 것도
어려워지겠다 싶으면 그만들 두시겠지만,
이렇게 끌려 나오시는 분들께는 정말 죄송할
뿐입니다."

"예……."

"신은정 차장님이라고 하셨지요."

"예. 사실은 저도 결혼할 생각은
없으니까, 그냥 여기서 밥 먹고 디저트나 먹고
일어나지요."

"회사 근처 경양식집에서 뵙자고 해서
무례한 사람이라고 생각하셨죠."

"어차피 저도 거절할 생각이었으니까
시간 낭비 안 해서 좋다고 생각했어요.
그리고 여기로 고르신 건 잘하셨어요. 여기
생각보다 역사가 오래된 가게인데, 90년대의
좀 고급스런 경양식집, 그런 분위기에 그런
음식이 나오는 가게거든요."

좋은 분위기에 맛있는 음식들로 기분
좋게 식사를 하다가, 남자는 이혼 사유에 대해
말했다. 외아들이라고. 돈은 많지만 남편을
일찍 잃은 어머니가 자신에게 과도하게
집착했다고. 유학을 갔더니 걸핏하면
미국으로 쫓아오고, 혼자 사는데도 수시로
집에 드나들었다고. 비밀번호를 바꾸고
알려주지 않으면 죽어버리겠다며 울음을
터뜨렸다고. 사랑하는 사람을 만나 결혼을

했지만 그 결혼 생활까지 파탄 내고 말았다고.
그는 말을 하다가 잠시 머뭇거렸다. 그리고
은정을 바라보며 말했다.

"이런 이야기를 털어놓으면, 사람들은
제가 잘못했다고 합니다. 그런 건 남편이
그늘이 되어줘야 한다, 시부모가 며느리를
괴롭히는 것을 막아주지 못하다니, 남자가
부모에게 너무 의존적인 게 아니냐,
마마보이가 아니냐……. 그러면서도 말을
하지요. 다음번에는 더 잘할 수 있다. 네
어머니도 언제까지 그러진 않을 것이다,
다음에는 좀 무던한 사람을 만나봐라…….
하지만 그런 일이, 무던한 사람을 만난다고
해결될 일일까요."

"아뇨."

은정이 고개를 저었다. 그리고 쓸쓸한
표정으로 말했다.

"부모 자식 간의 관계라는 게, 쉽지 않은 경우도 의외로 많으니까요."

"그렇게 말해주시니 고맙네요."

"의외로 많은 것 같기도 해요. 다들…… 그런 건 쉬쉬하고 말을 안 하는 거지."

"나만 유별난 게 아니라고 생각하니까, 조금 낫네요."

남자는 웃었다. 그의 어머니는 전처를 두고 사람을 무슨 정신병자나 변태 취급을 하는 아이라고, 예민하다 못해 돌아버린 게 틀림없다며 비난했고, 그에게는 다시 참한 여자를 만나 결혼할 것을 거듭 종용한다고 했다. 하지만 그는 더는 제 인생에 다른 사람을 얽히게 하고 싶지 않다고, 혼자 살 생각이라고 했다.

"이건 말입니다, 마치 고르디우스의 매듭 같아요."

"알렉산드로스대왕이 칼로 잘랐다는?"

"예. 저는 생물을 공부했어요. 유전자나, DNA나 그런 것. 그래서 그런지, 고르디우스의 매듭 이야기를 들으면 저는 그 매듭 끈이 기다란 끈처럼 연결된 DNA의 이중나선 같다는 생각을 합니다. 늘 하던 대로, 대를 잇고 자식을 낳고…… 그 거대한 순환 안에서는 결코 해결되지 않는 문제들이 있어요. 어떤 것은, 자식을 낳지 않겠다, 이 악순환을 내 대에서 끊겠다고 생각해야 해결되기도 하지요."

은정은 남자가 무슨 말을 하고 싶은 것인지 이해했다. 그는 디저트로 나온 케이크의 모서리를 포크로 가볍게 무너뜨리며, 쓸쓸한 한숨을 쉬었다.

"어머니의 바람이 늘 그거였어요. 아들이 번듯하게, 남부럽지 않게 살았으면 좋겠다.

내조 잘하는 참한 여자 만나서 결혼하고
손주들도 있었으면 좋겠다. 그런데 말이에요,
제가 결혼해서 평생 같이 살고 싶었던 사람은,
바로 그 어머니의 집착과 괴롭힘 때문에 나를
떠났단 말입니다. 그러면 저도 어머니께 그
정도 복수는 해도 되지 않나요. 평생 며느리도
없고 손주들을 안아볼 일도 없게 해드릴 수는
있지 않나요."

　　의외로 평화로운, 그러나 안타까운 만남이
끝나고, 사무실로 돌아가는 내내 은정은 아무
말도 하지 않았다. 상무가 소개했다니, 자기랑
똑같은 우악스러운 사내를 소개했을까 봐
걱정해 따라왔던 총무과 직원들만이 상무가
예상외로 참한 사람을 소개한 것 같다,
정말 의외라며 떠들어댔다. 그중 한 명이
인터넷에, 식사 자리에 나왔던 남자의 이름을

검색해보더니 호들갑을 떨었다.

"아까 그 사람, K대 교수래요."

"교수면 뭘 하고 재벌 3세면 뭘 해. 결혼할 생각 없다는데."

"그래도, 시어머니가 아무리 그악스러워도 아들이나 며느리보다는 일찍 죽지 않을까요?"

"그런 시어머니 만나면 제명에 못 죽어. 그리고 아까 그 사람도, 자긴 결혼 안 한다고 했잖아."

"어쩐지 좀 아까워요. 차장님이랑 잘 어울리는 것 같았는데."

"아까우면 자기도 소개팅시켜달라고 하든가."

"자기 또래 아니면 안 만난다고 했잖아요."

"그러네. 생각할수록 괜찮은 사람이었잖아."

웃으며 대답하면서도 은정은 생각했다.

그 사람은 이미 복수를 하고 있다고. 아마도
헤어진 전처를 계속 생각하고 있을 테니
주변에서 아무리 많은 여자들을 소개한들
비집고 들어갈 틈도 없겠지만, 그런 복수에
끼어들어선 안 된다고. 잘못 뒤엉킨 부모의
집착에서 벗어나는 길은, 그의 말처럼 매듭을
아주 잘라버리는 수밖에 없는 거라고.

　　지금의 튀르키예에 속하는
아나톨리아반도에 프리기아라는 나라가
있었다. 그 프리기아의 수도 고르디움에는
고르디우스의 전차가 있었다. 그 전차는 매우
복잡하게 얽힌 매듭으로 묶여 있었는데,
아시아를 정복하는 사람만이 그 매듭을
풀 수 있을 것이라 전해지고 있었다.

알렉산드로스대왕은 그 지역을 지나가던 중, 고르디우스의 매듭을 풀어보겠다고 나섰다. 하지만 풀지 못하자, 대왕은 칼로 매듭을 끊어버렸다고 한다.

어쩌면 사람도 고르디우스의 전차와 같은 것인지 모른다. 매듭에 꽁꽁 묶인 채 앞으로 나아가지 못한다면, 때로는 과격하게 잘라낼 것을 잘라버려야만 그다음으로 나아갈 수 있는 것인지도 모른다. 아시아를 정복하고, 세계를 정복할 영웅이 아니라 해도. 그저 자기 인생을 살아가고 싶었을 뿐인 평범한 사람이라고 해도.

그 누구라도, 탯줄을 자르지 않고는 태어날 수 없는 법이다.

그때 현관 인터폰이 울렸다.

"경찰입니다. 지난번 뵀었던."

은정은 걸쇠를 건 채 문을 열었다. 낯이 익은 형사가 인사를 하고, 신분증을 꺼내서 보여주었다. 은정이 문을 열었다. 그는 503호를 가리키며 조심스럽게 물었다.

"언제부터 공사 들어간 건가요?"

"지난주부터요."

"아, 이런."

"뭔가 문제가 있나요?"

"아뇨, 부검도 끝났고, 장례도 치렀고. 단순 자살이었으니까 사실 문제는 없어요. 없는데……."

형사가 곤란한 표정을 지었다. 은정은 잠시 그를 바라보다가, 집 안으로 들였다. 얼음을 띄운 오렌지 주스를 내어주자, 그는 한 번쯤 사양하다가 어색하게 웃으며 주스를 몇 모금 마셨다.

"사실 그분들은 그때 조사받은 이후로 못

봤어요. 사람이 그렇게 돌아가셨는데, 그 집에 그냥 머무르기 그렇겠구나 생각했었죠. 당장 이사는 못 가더라도 우선 도배 장판이라도 새로 하고서 살고 싶은 게 사람 마음일 테니까."

"그렇겠죠. 이사를 갈 때 가더라도 그건 새로 해야죠. 그런데 그날 말입니다. 벌써 3주나 지났으니까 기억하실지 어떨지 모르겠지만. 혹시 그분이, 집에 들어가기 전에 핸드폰으로 동영상 같은 걸 보고 있지 않았습니까?"

"동영상요? 그냥 동영상이야 저도 퇴근길에 보지만…… 저랑 이야기하면서 동영상을 보거나 하진 않았는데요."

"언제부터 이야기하신 거죠?"

"단지 입구에서부터요."

은정이 빤히 쳐다보자, 형사가 곤란한 듯이 말했다.

"……사실, 단순 자살이라는 걸 확인하는 건 아주 간단히 끝났습니다. 그 댁에 스마트홈캠이 있었거든요. 현장 조사 중에 그 시간대의 홈캠 녹화 화면을 살펴봤습니다. 돌아가신 분이 따님의 카드키로 문을 열고 들어오더니, 집을 샅샅이 뒤지다가, 그…… 준비를 하신 것이 녹화되어 있었습니다."

"주거침입에, 자살…… 그런 건가요?"

"그런 셈입니다. 그런데……."

형사가 머리를 긁적였다.

"어디까지 말씀을 드려야 할지 모르겠네요. 지금 이야기가 나온 건 그…… 스마트홈캠을 쓰고 있을 정도면, 집 안 인터폰이나 그런 것도 연동되어 있었을 수도 있다는 겁니다."

"예?"

"그랬으면 누가 문 열고 들어왔다는 것을

유지수 씨가 이미 알고 있었을 가능성이
있다는 거죠."

"그러면 더더욱, 경찰에 신고해야 하는 것
아닌가요?"

"목을 맬 준비를 하고 있는 것을 홈캠으로
보고, 일부러 내버려뒀을 수도 있다는
뜻입니다."

이게 무슨 소리인가. 설령 그런 걸 봤다
한들, 그게 죄가 될 리는 없을 것 같았다.
하지만 경찰이 이렇게 찾아온 것을 보면, 뭔가
심상치 않은 일이 더 있을 것 같기도 했다.

"이전에도 돌아가신 분은, 그러니까
박해나 씨 어머님이시죠. 박해나 씨에게
걸핏하면 죽겠다고 하고, 박해나 씨가 말을
듣지 않으면 목을 매달아 죽겠다, 혹은
박해나 씨를 죽이고 자신도 죽겠다고 말하곤
했습니다. 말만 한 게 아니라 목에 줄을 걸고

위협을 한 적도 있고, 실제로 자식들이 말을
듣지 않는다고 정말로 목을 매고 버둥거리는
것을 자식들이 다리를 잡아서 살려낸 적도
있었답니다. 이건 박해나 씨도, 그 오빠
되시는 분도 공통적으로 하신 말씀이죠."

"정말 자식한테 뭐 하는 짓이랍니까, 그
돌아가신 분은."

"그래서 든 생각이었습니다. 어쩌면
돌아가신 분은, 유지수 씨 집에서 자살하려던
게 아니라, 같은 방식으로 협박하려고 한
것일지도 모른다고요."

"그런 협박이 먹히는 게 자식이니까
그렇지, 생판 남이 그런 게 먹히겠어요?"

"뭐, 그건 우리들 생각이고. 그런 분들
생각은 또 다를 수도 있지요. 동영상에
의하면 그분은 목을 맬 준비를 해놓고, 한참
동안 실행하지 않았습니다. 그러다가 112에

신고가 들어가기 조금 전에 목을 매셨죠. 대충 시간으로 따져보면, 신은정 씨가 유지수 씨와 함께 올라와 문을 열려고 할 무렵이었을 겁니다."

은정은 눈을 깜빡였다. 눈이 뻑뻑하고, 어째서인지 입이 바싹 말라왔다. 그 말을 하고 있는 형사도 착잡한 표정이었다.

"어쩌면 말입니다, 유지수 씨는 돌아가신 분이 준비를 다 해놓으신 것을 봤을지도 모르겠습니다. 그래서 일부러 집 앞에서 문을 열려는 듯 소리만 냈을 수도 있지요."

만약에 해나의 어머니가, 정말로 두 사람을 협박하기 위해 자살 기도를 했다면, 그 인기척을 듣고도 그대로 문을 열었다면 은정과 지수는 목을 매달고 버둥거리는 그 사람을 발견했을 것이다. 다리를 붙잡고, 119에 연락해서라도 그 사람을 살려내야만

했을 것이다.

하지만 두 사람이 인기척을 듣고 서둘러 그 자리를 피했기 때문에, 경찰이 올 때까지 10분이 넘게 걸렸기 때문에, 그는 그사이에 아주 세상을 떠났다. 형사는 그때 그 안에서 무슨 일이 벌어질지를 지수가 이미 알고 있었던 게 아니냐고 의심하는 것이었다.

하지만 그게 무슨 상관이란 말인지.

"돌아가신 분이 아무 일도 저지르지 않았다면, 돌아가시는 게 아니라 그냥 주거침입으로 잡혀가기만 하셨을 텐데요."

"그건 그렇지요."

형사는 고개를 끄덕였다.

"공공장소 CCTV라면 모를까, 어차피 홈캠 저장 기간은 길어야 일주일에서 열흘, 외부에서 홈캠에 접속한 로그 파일도 그 정도니까요. 처음에 접속 로그까지 같이 확인했으면 모를까, 지금 와서 확인할 수 없는 일이기도 하고."

"이사 간 건 아닐 거예요. 여기 동네 부동산에 집 나갔다는 이야기는 없었으니까, 직접 전화해보셔도 되고, 인테리어집하고는 연락이 될 거고요."

"아닙니다. 그냥 확인해보고 싶었던 것뿐이에요."

형사는 오렌지 주스를 반쯤 비운 채로 자리에서 일어났다.

"사실 부모 형제거나 자기가 지도하는 학생이거나, 그렇게 돕고 책임지고 해야 할 사유가 있는데도 위험에 처했는데 구하지 않았다, 그러면 유기죄가 성립하긴 해요. 하지만 생판 모르는 남이 죽을 위기에 처했는데 그걸 도와주지 않았다고 하면 또 이야기가 다르죠. 배우자의 부모라고 생각하면 또 다르지만, 지금 저 사람들을 혼인신고도 안 받아주면서 배우자의 부모니까 구했어야 한다고 주장하기도 애매하고. 애초에 가정폭력이고, 따지고 들면 남의 집에 무단 침입 한 것부터가 문제이기도 하고. 그런 데다 증거도 없고."

은정은 형사가 중얼거리는 소리를 들으며, 그가 정말로 지수에게 죄를 물으러 온 것은 아니라는 것을 깨달았다. 그는 다소 안도하며, 구겨진 운동화 뒤축에 손가락을 밀어넣어 펴며 신발을 신고 있던 형사의 뒤통수에 대고, 나직하게 중얼거렸다.

"오늘 누가 그러던데, 풀리지 않는 매듭은 끊고 가겠다고 생각해야만 해결되기도 한다나 봐요."

"그거 알렉산더대왕 이야기잖아요. 맞죠?"

"예, 그렇다나 봐요."

작가의 말

    '빳다'로, 대걸레 자루로, 고무호스로,
혁대로, 아이를 때리는 것이 '훈육'이 되던
시절이 있었다. TV를 틀었을 때 남편에게
얻어맞고 눈에 시퍼렇게 멍이 든 것을
계란을 문질러 부기를 빼는 '여편네'가
웃음의 코드가 되는 시절이 있었다. 아름답고
청순하며 이제 막 세상에 인정받던 어린
'여배우'를, 희극인이 납치해서 강간하고
결혼한 것을, 그땐 그랬지 하고 웃으며
이야기할 수 있는 과거사 취급하던 시절도

있었다. 남편에게 학대당하던 아내가 남편을
살해하면 '악녀'라고, 부모에게 학대당하던
자식이 부모를 살해하면 존속살인을 저지른
'괴물'이라고 부르는 것이 사회정의가 되던
시절이 있었다. 하지만 세상에 어떤 관계는
처음부터 없느니만 못한 것도 있다.

　이 사람이 가정 안에서 어떤 일을
겪었는지 감히 짐작도 하지 못하면서, "그래도
가족인데", "그래도 너희 부모님인데"라고,
사람들은 참 쉽게 말한다. 이 사람이 죽을
만큼 고통스러워하다 겨우, 나 너무 힘들다고
한마디 한 것뿐인데도. 상담을 받아보라거나,
세월이 흘렀으니 다시 천천히 이야기해보면
답이 나올지도 모른다고 말하기도 한다.
정말로 한쪽이 죽은 뒤에야 풀려날 수 있는
족쇄 같은 관계도 있음에도. 자식을 자기

소유물인 줄 아는 부모들, 아내를 제가 획득한
상품인 줄 아는 남편들이 전부 사라지기
전까지는, 인생의 일부에는 그림자처럼
두려움이 뒤덮여 있다. 혹은 그들이 전부 죽은
뒤에도, 어떤 사람들은 감히 쉽게 안전하고
자유로워지지 못한다. 그런 사람들이 이
지긋지긋한 매듭을 끊고, 뒤돌아보지 않고
나아갈 수 있으면 좋겠다. 비록 끊어내려 칼을
뽑아드는 그 순간에, 자신과는 별 상관도 없는
타인들이 당황하며 말릴지라도.

……그런 사람들의 말을 하나하나 듣고
있었으면, 알렉산드로스대왕은 평생 진군하지
못했을 것이다.

2023년 12월
전혜진

wefic - 44

고르디우스의 매듭을 자르면

초판 1쇄 인쇄 2023년 12월 22일
초판 1쇄 발행 2024년 1월 10일

지은이 전혜진
펴낸이 이승현

출판2 본부장 박태근
스토리 독자 팀장 김소연
편집 곽선희 김해지 이은정 조은혜
디자인 이세호

펴낸곳 ㈜위즈덤하우스 **출판등록** 2000년 5월 23일 제13-1071호
주소 서울특별시 마포구 양화로 19 합정오피스빌딩 17층
전화 02) 2179-5600 **홈페이지** www.wisdomhouse.co.kr

ⓒ 전혜진, 2024

ISBN 979-11-6812-745-6 04810
979-11-6812-700-5 (세트)

값 13,000원

· 이 책의 전부 또는 일부 내용을 재사용하려면 반드시 사전에
저작권자와 ㈜위즈덤하우스의 동의를 받아야 합니다.
· 인쇄·제작 및 유통상의 파본 도서는 구입하신 서점에서 바꿔드립니다.

한 조각의 문학, 위픽 we fic.